René BAZIN

MA TANTE GIRON

ebouquin

Mentions légales
© 2022 René BAZIN
Édition : BoD – Books on Demand, info@bod.fr
Impression : BoD – Books on Demand, In de Tarpen 42,
Norderstedt (Allemagne)
Impression à la demande
ISBN : 978-2-3224-5618-5
Dépôt légal : Decembre 2022

Chapitre I

— À vous un lièvre !

L'animal venait, en effet, de débouler dans un champ de trèfle nouvellement fauché, sous les pieds du garde, qui l'avait manqué de ses deux coups de fusil. Il arrivait, haut sur pattes, les oreilles droites, au petit galop, sur les trois autres chasseurs qui battaient en ligne la pièce de trèfle. Il passa d'abord à trente pas du baron Jacques. Le jeune homme tira sans viser : pan ! pan ! Le lièvre ne broncha pas. Seulement une fine poussière, comme en fait un moineau qui se poudre, s'éleva derrière lui.

Ce fut le tour du comte Jules. Campé fièrement, le pied droit sur un sillon, le pied gauche sur un autre, il épaula son fusil neuf aux ferrures d'argent, ajusta longuement, puis rabattit l'arme en criant :

— Hors de portée !

Il faut dire qu'il manquait souvent, et qu'il épargnait les coups pour épargner son amour-propre.

À ce cri, le lièvre fit un bond, tourna à angle droit, se ramassa sur lui-même, et, couchant ses oreilles, s'éloigna grand train dans le creux du sillon.

Mon grand-père était le dernier sur la ligne des chasseurs, un peu en arrière du comte. Il eut un sourire narquois. Ses compagnons qui l'observaient, le virent mettre la main à sa poche droite, en retirer sa tabatière, humer une petite prise, puis rentrer l'objet dans les profondeurs d'où il l'avait sorti. Alors, seulement alors mon grand-père leva son fameux fusil en fer aigre. Il épaula vivement. Le chien s'abattit. On entendit un bruit de capsule et, une demi-seconde après, une détonation un peu plus forte : au bout du champ, tout près de la haie, le lièvre culbutait, et tombait raide mort entre deux touffes de trèfle rouge.

— Voilà, jeunes gens, comment on tue un lièvre ! s'écria mon grand-père.

Et, quand ils se furent approchés :

— Quelle distance, hein ! cent pas au moins.

— Oh ! cent pas ? dit le baron en hochant la tête, vous le faites courir encore votre lièvre.

— Il était loin, soupira le comte.

— Nous allons voir, répliqua mon grand-père.

Et il se mit à marcher sur le dos du sillon, dans la direction de la haie.

Il faisait les pas fort petits, d'abord parce qu'il n'était pas grand, et aussi pour en compter davantage.

— Soixante-dix-neuf, quatre-vingts, quatre-vingt-un, quatre-vingt-deux ! dit-il en arrivant près du lièvre. Quelle distance !

Il ramassa la bête, examina la blessure, — une demi-douzaine de grains de plomb dans la nuque, — et se donna le plaisir de glisser lui-même la victime dans la carnassière du garde, déjà pleine, sur laquelle s'arrondissait, luisante et glorieusement usée par endroits, une peau de sanglier. Puis il atteignit un flacon d'huile, une brosse courte, un paquet de chiffons, et s'assit sur l'herbe.

Le baron Jacques, que l'ardeur de la jeunesse et le dépit d'un coup manqué poussaient en avant, s'était déjà remis en route. Il se retourna en disant :

— Mais, venez donc, il y a des perdr…

La phrase expira sur ses lèvres. Il venait d'apercevoir mon grand-père, assis sur l'herbe, qui plongeait, dans le canon droit de son fusil, la baguette entourée d'un linge gras. Il eut un petit haussement d'épaules.

– C'est juste, murmura-t-il, le fer aigre… en voilà un instrument !

Il continua de marcher vers le champ voisin.

– Allez, allez, Jacques, criait mon grand-père ; je vous rejoindrai tout à l'heure ; vous savez que ce sont des gris : prenez le vent !

Puis, sans se presser, il se remit à nettoyer son fusil en fer aigre. En fer aigre ! Le lecteur s'étonnera peut-être de cette expression. Il est cependant incontestable que mon grand-père avait un fusil en fer aigre. Je le conserve encore, ce vieux fusil ennobli par tant d'exploits, au bois originairement brun foncé, presque noir aujourd'hui, soumis qu'il a été depuis vingt ans, sur les crochets d'une cheminée, au régime des jambons d'York. Il n'a rien de remarquable à l'œil. C'est une arme de petit calibre, à courte crosse sur laquelle est ébauchée une tête de sanglier, à canons très longs et très minces, forgés par une main qui n'était pas célèbre et ne les a pas signés. À voir l'épaisseur de ces humbles tubes d'acier, qui est, à l'extrémité, celle d'une feuille de fort papier, un sportsman d'aujourd'hui sourirait de pitié. Pourtant, ces deux mauvais canons, pendant soixante ans, ont supporté l'effort de la poudre, la brume des marais, les éclaboussures de rosée des champs de choux et les ardeurs des grands jours chauds. Ils portaient le plomb et la balle avec une égale précision, supérieurs en cela aux chock-bored à la mode, qui éclatent sous la pression d'une balle : à quatre-vingts pas, ils logeaient dix grains de plomb dans une pomme, – une grosse pomme, – à cent pas, ils abattaient un loup. Ils n'avaient qu'un défaut, celui de s'encrasser très vite. L'acier dont ils étaient forgés avait une écorce rugueuse, prenante, happant et retenant la fumée au passage, aigre en un mot. Défaut grave et gênant, qui obligeait mon grand-père, – du moins l'excellent homme le croyait-il, – à passer un linge gras dans le canon de son fusil dès qu'il avait tiré, et, tous les vingt coups, à laver les deux canons à grande eau.

Ce que de semblables opérations valurent à mon grand-père de reproches et d'exclamations de la part de ses compagnons de chasse, on le devine sans peine. Elles se renouvelaient fréquemment : il y avait tant de gibier dans ce temps et dans ce pays-là ! Le temps, déjà bien loin, c'était le 1er septembre 1828, le pays, c'était le Craonais.

Cette région n'a jamais eu d'existence à part dans les divisions politiques de l'ancienne ou de la nouvelle France. Elle a pourtant son caractère original et nettement marqué ; elle est bien une petite province par la nature de son sol et de ses habitants. À voir l'ajonc qui pousse sur ses talus, la bruyère assez commune dans ses bois, ses pommiers et ses sarrasins en fleur, on serait tenté de dire : c'est la Bretagne. À voir ses hommes grands, robustes, aux types songeurs, on pourrait croire : c'est la Vendée. Mais regardez ces prairies où paissent, mêlés, de grands troupeaux de bœufs et d'oies ; les chevaux, d'une race trapue et robuste ; les bandes de porcs errant à la glandée par les chemins ; cette terre forte que la charrue soulève en mottes violettes, où nulle part le rocher n'affleure ; regardez les chênes que cette terre nourrit ; vous n'en verrez ailleurs ni tant ni de si beaux : ils entourent les champs d'une couronne sombre, leur pointe est droite, car la mer est loin et les grands coups de vent n'atteignent point là, leur frondaison puissante, car le sol est profond à leurs pieds.

Si vous montez sur les rares collines qui se croisent çà et là dans la campagne, comme les nervures de cette feuille verte, et forment les bassins de ruisseaux charmants et sans nom, vous n'apercevrez jusqu'à l'horizon que des cimes de chênes, au milieu desquelles percent parfois un clocher blanc, un peuplier ou le faite d'un alizier empourpré par l'automne. Non, ce n'est plus la Bretagne, ce n'est pas encore la Vendée : c'est le Craonais.

La grande propriété y domine. Les fermes, généralement étendues, sont louées, depuis des générations, par les mêmes familles de fermiers aux mêmes familles de propriétaires. Autour des villages on trouve aussi quelques closeries, où vivent des journaliers, d'anciens soldats ou piqueurs retraités, arrosant les laitues d'une main qui porta le mousquet ou la trompe de chasse.

Presque toutes ces vieilles familles, – on pourrait dire ces vieilles maisons, – de laboureurs sont aisées, plusieurs même très riches. Chez toutes, on rencontre une foi vive et éclairée, l'amour du sol, le culte des traditions : le tout bien abrité par un bon sens résistant à l'erreur et par le sentiment de l'antique honnêteté de la race.

Le paysan craonais, – dont le nom honorifique est métayer, lors même qu'il est fermier, – grand, large d'épaules et lent d'allures, n'a pas la tête légère ni l'humeur querelleuse du Breton. Moins sombre que le Vendéen, il est comme lui indépendant et défiant. Il reconnaît et respecte trois autorités: son curé, son père et son maître. Hors de là, il ne s'en laisse guère imposer : un uniforme brodé le fait rire. Sous la Révolution, il fut le premier levé et le plus irrégulier des soldats de la chouannerie. Pour le commander, il lui fallait des chefs de son choix et toujours de chez lui. Sitôt le coup de main achevé, il rentrait à la ferme ou se cachait dans un genêt voisin, et laissait pour deux mois, trois mois, six mois, dormir sa carabine.

Elle dort maintenant pour toujours, enfumée, sous le manteau des cheminées où la légende des grandes guerres s'éveille encore parfois, les soirs d'hiver, et c'est tout ce qui survit de ce temps lointain, car les derniers témoins sont morts, et le costume qu'ils portaient, le pantalon et la veste courte en drap bleu et le large feutre à galon de velours, a peu à peu disparu.

Quel plaisir charmant était, il y a soixante ans, la chasse à tir dans ce pays-là ! On y braconnait certes autant qu'aujourd'hui, on n'y chassait guère moins, et les gardes, comme aujourd'hui, gardaient peu de chose. Cependant le gibier abondait. Il avait de si belles retraites : les blés noirs, les trèfles, les choux, d'une variété de haute futaie, les haies énormes et fournies, et surtout les champs de genêts.

Où sont-ils à présent ces genêts toujours verts, qui jetaient dans la campagne, pendant huit mois sur douze, l'étincelle joyeuse et le parfum de leurs fleurs d'or ? C'est un humble arbuste que le genêt, mais en regardant bien, quelle que soit sa saison, vous trouverez presque sûrement sur la tige, soit en haut, soit en bas, un bouton qui va s'ouvrir, une petite nacelle prête à tendre au vent sa voile jaune. Et si le genêt se repose, regardez à côté : c'est que la bruyère est rose, c'est que l'ajonc est fleuri. Car le printemps ne quitte pas la lande, il en fait le tour d'un bout de l'année à l'autre, et les paysans, qui le savent, avaient coutume de dire : « À toutes les fêtes de Vierge le jaguelier fleurit. »

Hélas ! j'ai vu la charrue coucher à terre les derniers genêts du Craonais, il y a quelques années, dans un petit champ qui s'appelle l'Écobu. Je ne passe jamais là sans m'en souvenir tristement.

Avec quel battement de cœur un vrai chasseur attaquait ces remises sans pareilles ! Il s'avançait doucement, la main sur la détente de son fusil, tandis que le chien, tournant les touffes, suivait, le nez sur la mousse, une trace encore chaude. Lièvre, perdreau, bécasse, râle, il y avait toujours quelque gibier de choix dans le genêt. Les perdreaux partaient un à un, compagnons gris, compagnons rouges, rasant la fine pointe des balais verts. Quels jolis coups alors ! Beaucoup de chasseurs tiraient bien : ils tiraient si souvent ! Et puis le fusil à pierre les avait mis à si bonne école !

Ô jeunes gens d'aujourd'hui, qui vous croyez adroits pour avoir atteint quelques perdreaux avec vos mitrailleuses à percussion centrale, pensez à cet âge héroïque du fusil à pierre ! On pouvait être fier alors d'un coup heureux. L'opération n'était pas simple. On pressait la gâchette : le silex frappait l'acier, l'étincelle jaillissait, et, quelquefois, par un heureux hasard, rencontrait la poudre du bassinet; alors si la poudre n'était pas mouillée par une goutte de pluie ou de rosée, si le choc d'une branche ne l'avait pas précipitée à terre, elle prenait feu, et, presque toujours, avec le temps, enflammait la charge. Pendant la durée variable de cette succession d'incendies, il fallait suivre de l'œil la bête qui courait ou qui volait, sans quoi le plomb ne traversait que l'air.

On se levait à cinq heures, à cinq heures et demie on partait. Le rendez-vous était souvent à deux ou trois lieues ; on les faisait à pied; on chassait jusqu'à la nuit, sans autre repos qu'une heure pour dîner d'un morceau de pain et d'un peu de beurre qu'on partageait avec son chien, et le soir on revenait encore à pied.

Le régime était rude. Mais que de pièces abattues ! Les carnassières crevaient sous le fardeau. Par toutes les mailles le poil et la plume faisaient saillie : fourrure précieuse et douce aux yeux du chasseur. Trente perdrix n'étonnaient point en un jour d'ouverture. Je vous en prends à témoin, Fanchette, vous qui avez plumé, flambé, fait rôtir ou mis aux choux les perdrix que tuait mon grand-père, en ces temps légendaires, dans le Craonais giboyeux, avec son fusil en fer aigre. Quand il eut nettoyé son arme, mon grand-père songea à rejoindre ses compagnons. Guidé par leurs coups de feu, il les retrouva comme ils sortaient d'une grande pièce de terre en jachère, couverte de remberge. Le baron Jacques avait tué un lapin, et le comte Jules un ramier : tous deux étaient contents.

— Mes amis, dit mon grand-père, il est temps de nous rabattre sur le bourg. Il ne faut pas que ma sœur nous attende.

— Déjà partir ! s'écria Jacques.

Cette exclamation illumina d'un sourire la figure de mon grand-père. Il était fier de cet élève qui, à cinq heures et demie du soir, en chasse depuis l'aube, ne demandait qu'à marcher encore. Il se pencha vers lui :

— Écoutez, dit-il, nous pouvons revenir par la Motte-du-Four. Le détour n'est pas long. Il y a là certains marouillers et dans ces marouillers certaine bande de molletons...

Le baron glissa quelques grains de gros plomb dans son fusil, et l'on revint en effet par les prés de la Motte-du-Four, coupés par endroits de petits marais. Mais les canards étaient aux champs, et les chiens ne levèrent rien dans les roseaux.

Le soleil baissait rapidement dans un ciel très pur. Quand il passa derrière la ligne de peupliers qui bordait les prés, le feuillage de ces arbres changea de couleur : léger, découpé, frissonnant, on eût dit la chevelure d'une gerbe d'avoine mûre. Plus bas, il y avait un rideau de chênes. L'astre s'abîma dans cette forêt verte : quelques lueurs d'incendie traversèrent encore les branches, puis s'éteignirent. Dès qu'il eut disparu, une brume légère estompa les coins des prés. On entendait le cri plaintif des sourds. Les ramiers traversaient l'air à tire-d'aile, le poitrail doré par le couchant.

Bientôt Rosalie, qui guettait le retour des chasseurs par la fenêtre à barreaux de fer de la cuisine, les aperçut au détour du chemin.

— Les voilà, madame Giron ! cria-t-elle.

— Combien sont-ils ?

– Quatre, en comptant Baptiste.

– Trempe la soupe, et mets un couvert de plus.

Mon grand-père, le baron, le comte et le garde entrèrent, en effet, dans la cuisine, unique vestibule des logis d'autrefois. Au même moment ma tante Giron sortit de la salle voisine, et vint au-devant d'eux.

C'était une femme d'une quarantaine d'années, de taille moyenne, forte, avec un visage plein et frais, aux pommettes saillantes, aux yeux gris très fins et très fermes, s'animant, tout au fond, d'un reflet de tendresse quand ils regardaient mon grand-père : un ensemble intrépide, actif et franc.

– Ce n'est pas trop tôt rentrer ! dit-elle d'un ton bourru, où l'on sentait plutôt l'habitude et le besoin de grogner qu'une conviction véritable.

– Ne vous fâchez pas, ma sœur ; voyez : nous rapportons dix-huit perdreaux, deux lièvres, un lapin et un pigeon.

– J'aimerais mieux un pigeon de moins et un peu d'exactitude de plus, mon frère.

– Ma seule pièce ! interrompit le comte.

Ma tante Giron eut un sourire, qui creusa deux petits trous dans ses joues :

– Vous dînez avec nous, monsieur Jules ?

– Oui, madame Giron.

– Ah dame ! je n'ai pas à vous offrir des dîners comme vous en faites dans vos châteaux, vous autres messieurs : c'est un dîner de campagne, et qui a attendu… Allons, dépêchez-vous.

Et tandis que le garde, sifflant les chiens, allait les attacher dans la cour, et que les trois chasseurs suspendaient leurs fusils au râtelier de la cheminée, déposaient leurs carnassières, et cherchaient à rendre un peu de tenue à leurs nœuds de cravates, ma tante Giron rentra dans la salle à manger, qui attenait à la cuisine.

Chapitre II

Ma tante Giron appartenait à cette bourgeoisie rurale qui tenait le milieu entre le paysan et le grand propriétaire, classe autrefois nombreuse, presque disparue aujourd'hui.

Avant la Révolution, la famille rurale qui parvenait à la fortune n'émigrait pas dans les villes. Elle demeurait dans le coin de terre où elle avait lentement grandi et conquis un rang supérieur dont elle était justement fière. Rapprochée des paysans par son origine, vivant au milieu d'eux et, jusqu'à un certain point, de la même vie, étroitement associée à leurs intérêts, elle rencontrait chez eux des sympathies naturelles aussi nombreuses que fortes.

Comme nos pères avaient raison de se fixer ainsi dans les lieux et parmi les hommes témoins de leur élévation ! Ils appréciaient cette douceur d'être honorablement connu et de longue date dans un pays. Et vraiment il en est peu d'aussi grande. Tout le monde vous salue, vous accueille, vous tend la main. Les choses mêmes vous sont familières, et vous parlent. Pour être aimé, vous n'avez presque rien à faire : vos aïeux ont fait le reste. Leur vertu vous enveloppe, le nom qu'ils ont laissé vous ennoblit aux yeux des générations présentes. Les vieux vous disent :

« Ah ! monsieur Jean, ou monsieur Paul, ou monsieur Pierre, j'ai bien connu votre père. Quel bon homme c'était, et secourable au pauvre monde et de bon conseil aussi ! Nous étions amis tous deux, et quand il passait devant la maison, il ne manquait jamais de dire : « Est-il permis d'entrer, père Choyot ? » Et il entrait, et moi je vous faisais danser sur mes genoux. Entrez donc, monsieur Jean, ou monsieur Paul, ou monsieur Pierre. »

La plupart de nos villages comptaient une ou deux familles de cette bourgeoisie rurale. Les traditions de foi étaient vivantes chez elles, l'hospitalité généreuse, l'autorité paternelle respectée. Les caractères s'étaient dépouillés de la rudesse paysanne sans rien perdre de l'humeur franche et hardie des ancêtres. Ce premier degré de la bourgeoisie était un des éléments les plus sains du peuple de France, et c'est à lui qu'on doit, en partie, la préservation des campagnes contre tant d'hérésies, religieuses ou politiques, dont les hautes classes de la société étaient atteintes longtemps avant que la Révolution éclatât. À la fin du siècle dernier, elle fut presque toute dispersée et ruinée. La tourmente passée, les conditions sociales n'étaient plus les mêmes, les traditions étaient rompues : elle ne put se reconstituer. Une race d'honnêtes gens avait vécu.

Un des traits caractéristiques de cette classe, c'étaient le sentiment très vif de sa dignité, l'amour de la campagne et de la vie laborieuse, abondante, considérée qu'elle y menait.

Ma tante Giron avait à un haut point cet amour-propre rural, et plaisantait volontiers les gens de ville. Toute occasion lui était bonne pour les morigéner. Quand nous venions la voir pendant les vacances, tout enfants, et qu'il était l'heure de goûter :

— Les enfants, disait-elle, allez demander à Rosalie une tartine de raisiné… on dit du raisiné par ici. Les beaux messieurs de ville appellent ça autrement, n'est-ce pas ?

Elle savait fort bien que non.

— Mais non, ma tante, répondions-nous en rougissant, on dit aussi chez nous du raisiné.

— C'est bien étonnant, reprenait-elle ; et, haussant la voix : Allez, les petits, et demandez à Rosalie d'en mettre beaucoup sur votre pain. Tu entends, Rosalie ?

— Oui, madame.

Rosalie entendait toujours, car sa maîtresse parlait pour toute la maison, quelquefois même pour les environs, dans les jours d'orage.

Elle était si vive, ma tante Giron ! Avec son curé, ses parents, ses voisins, ses voisines, avec tout le monde elle avait son franc parler, et rien ne l'eût empêchée, quand l'envie lui en prenait, de dire à quelqu'un son fait. Que de gens elle a grognés dans sa vie ! Toute la paroisse y a passé.

C'était là vraiment son seul défaut : bonne, généreuse, dévouée, forte contre le mal et contre le malheur, elle avait la tête un peu trop près du bonnet.

L'expression peut s'appliquer rigoureusement à ma tante Giron, car elle portait des bonnets à grands tuyaux retombant jusque sur les épaules, bonnets en mousseline les jours ouvrables, de dentelle le dimanche, qui lui seyaient bien, — car elle avait été jolie, — et qu'elle ornait d'un ruban quand elle allait à la grand'messe, avec sa pointe de velours brodé et sa robe de soie puce à petits plis.

Ma tante Giron était née à la fin du siècle dernier, à Bouil-lé-Ménard, bourg craonais qui possède de beaux arbres, un vieux château et le souvenir d'un important commerce de toile. Son père avait fait fortune dans ce commerce déjà exploité avec succès par le grand-père. Un jour, vers la vingtième année, M. Giron, un honnête homme, propriétaire fermier qui habitait Marans, était venu à Bouillé-Ménard demander la main de Marie. Le parti était de tous points convenable, de sorte que l'oncle Jean, chirurgien à Segré, ayant un peu grossi la dot, l'oncle Pierre, curé de la Chapelle, avait béni le mariage.

Ce fut une heureuse union que celle-là. M. Giron, en se mariant, avait loué cinq grandes fermes, et les faisait valoir. Grâce à son expérience, grâce surtout à l'activité et à l'intelligence de sa femme, qui s'entendait merveilleusement à régenter les bêtes et les gens d'une métairie, à vendre le grain au plus haut cours, à se servir de tout, et qui ne s'épargnait point, l'entreprise prospéra.

Mais ce bonheur dura peu. M. Giron mourut. Il laissait une petite fille que ma tante aimait follement : car les orphelins ont ce privilège de tenir deux places dans le cœur des mères. Hélas ! un jour qu'elle la nourrissait, elle vit l'enfant pâlir, tressaillir et expirer sur sa poitrine en une minute : cette minute, elle la pleura toute sa vie.

Vaillante et habile comme elle l'était, ma tante Giron eût pu continuer longtemps encore à exploiter les domaines qu'administrait son mari. Elle le fit pendant deux ans. Puis l'ennui la prit.

À quoi bon gagner encore, et pour qui ? N'avait-elle pas assez pour vivre et faire du bien autour d'elle ? Lors donc que les baux furent arrivés à expiration, malgré les instances des propriétaires, elle ne consentit pas à les renouveler, vendit ses charrues, congédia ses gens de ferme, et ne garda de l'ancien train de vie que le logis où elle habitait, une valorie de quelques hectares, la coutume de se lever dès l'aube, son franc parler avec tout le monde et l'amour exclusif de la terre craonaise.

Le logis, d'ancienne construction, avec des toits irréguliers et des fenêtres de toutes les grandeurs percées à toutes les hauteurs, donnait d'un côté sur la place de l'Église. La façade principale regardait le chemin des Portes, qui conduit à Chazé. Une cour plantée de fleurs l'en séparait seulement. Au delà de la cour, et suivant la pente assez rapide de la route, il y avait une luzernière, puis un pré, puis le ruisseau bordé d'aulnes. Si vous ajoutez quelques champs remontant la côte sur l'autre bord du ruisseau, une étable où trois vaches, les meilleures du pays, mangeaient à des crèches toujours pleines, une écurie pour la jument rouge, un pigeonnier, vous aurez une idée du domaine et de la valorie de ma tante Giron.

On entrait dans le logis par la cuisine, ornée de casseroles de cuivre rouge ou jaune dont les tons éclatants s'enlevaient sur des murs bruns de fumée. La cheminée était immense. Le tablier s'avançait jusqu'au tiers de la salle. D'ordinaire, un chien courant dormait à droite du foyer; à gauche ronflait un chat. C'étaient là le royaume et les sujets de Rosalie, une vieille maigre, proprette et silencieuse, toujours en mouvement, toujours inquiète. Personne n'a jamais tant fourbi, brossé, épousseté, que Rosalie. À force de les laver, elle avait fini par user les carreaux de sa cuisine. Il est vrai que les visiteurs, qui devaient nécessairement traverser l'appartement, avaient un peu contribué à ce dégât. C'étaient d'abord les pauvres, que ma tante Giron ne manquait pas d'assister, quand ils étaient du pays ; puis les métayers, qui l'avaient en grande estime, et la consultaient volontiers ; les curés des paroisses voisines, qu'elle réunissait une fois l'an, en chapitre, autour de sa table, ou plus souvent celui de Marans, l'incomparable abbé Courtois, dont la renommée, dès cette époque, franchissait les limites du Craonais ; c'étaient encore, de temps en temps, des voisins ou des parents qui, ayant goûté une fois l'hospitalité du vieux logis, aimaient à renouveler l'épreuve. Parmi ces derniers, mon grand-père le greffier, qui avait épousé la sœur de ma tante Giron, était l'hôte le plus assidu. Il venait surtout dans la saison de la chasse, et ne connaissait pas de meilleure fête qu'une journée passée à battre les trèfles et les champs de genêts, en compagnie de son ami le baron Jacques, avec la perspective d'un dîner, au retour, chez celle qu'il appelait « ma sœur Marie ».

Le 1er septembre 1828, une de ces bonnes journées finissait, un de ces bons dîners commençait.

Quand les trois chasseurs entrèrent dans la salle à manger, depuis longtemps déjà la soupe fumait dans la soupière. Le couvert était mis sur une nappe bien blanche de toile à gros grains, fleurant l'iris. Une oie rôtie, farcie de marrons et de pruneaux, des betteraves, une tarte de Segré, mi-frangipane, mi- confiture, – friandise archéologique dont nos neveux riront, bien à tort, – des biscuits à l'anis et de beaux fruits du jardin composaient le dîner. Il était servi dans des assiettes octogonales en terre crème, à petits reliefs, qui seraient introuvables aujourd'hui, et que ma tante Giron avait achetées un prix modéré à un potier breton. Aucun luxe d'aucune sorte n'était admis chez elle. L'ameublement était simple comme le repas : un dressoir en cerisier, des chaises, trois fauteuils de paille couverts de ces housses rembourrées dont les générations nouvelles ignorent la douceur, une horloge ayant un soleil pour balancier, c'était tout. J'oublie cependant les gravures encadrées de bois noir : un Ecce homo ; une sainte Vierge; saint Jean-Baptiste caressant un mouton ; saint Sébastien percé de flèches : une allégorie représentant le duc de Bordeaux enfant, couché dans son berceau, la France veille sur lui et trois soldats, figurant l'armée, lui jurent fidélité, la main levée et la jambe en avant ; une lithographie de Chateaubriand sur un rocher, et cette autre que vous vous rappelez peut-être, Marie Stuart quittant la douce France : elle est debout dans le bateau, un vieux gentilhomme, dans l'eau jusqu'à la ceinture, paraît lui offrir de la suivre à la nage, la reine, indifférente, regarde un paquet de cordages roulé sur le rivage, et les nuages ont l'air de montagnes.

La première ardeur de la faim apaisée, la conversation s'engagea, et prit d'abord l'inévitable chemin de la chasse du jour. Ma tante Giron, en fine maîtresse de maison qu'elle était, sut en écouter le récit détaillé. Chacun expliqua la raison de toute pièce manquée : un coup d'aile imprévu, un arbre masquant la bête, le pied qui glisse, l'arme qui fait long feu, la distance, une distance folle, jamais la maladresse. Chacun s'étendit sur les coups heureux : la mort du lièvre prit des proportions épiques.

De la chasse du jour, on passa naturellement aux aventures quelconques de chasse, et chacun dit la sienne, invraisemblable et toujours authentique.

Mon grand-père raconta, – ce n'était pas, je crois bien, la première fois, – les belles attaques au couteau contre les sangliers, en plein hallier, dont il avait été l'acteur ou le témoin, quand, avec son père, le vieux camarade de Stofflet, il habitait encore Segré, et suivait les chasses à courre des derniers veneurs de l'ancien régime.

Jacques se souvint à propos d'une partie d'affût aux canards, organisée un soir dans les roseaux d'une culée d'étang. Les victimes se chiffraient par douzaines dans son récit, et l'ombre des oiseaux qui arrivaient confiants aux bords de cet étang merveilleux, ou le quittaient effarés, obscurcissait la terre, et avançait la nuit. Quand ce fut le tour du comte Jules :

— Moi, dit-il, j'aime la grosse bête.

Son ami Jacques eut un sourire moqueur. Jules ne s'en aperçut pas. Il continua :

— Je crois qu'elle m'aime aussi.

— Heureuses les amours partagées, murmura son voisin.

— Oui, le chevreuil, le cerf, le loup, le sanglier, voilà mon gibier. Ces bêtes-là ne sont pas farouches avec moi. Elles sont familières, quelquefois même au point de me gêner. Tenez, un jour, nous chassions au courant dans la forêt d'Ombrée. J'étais posté sur la lisière d'une taille, assis dans un fossé. Ma tête dépassait un peu la crête du talus, mais très peu. Les chiens lancent un brocard, et le mènent grand train. Il m'arrive par derrière. J'entendais son galop : patapa, patapa. Je ne bouge pas. Tout à coup deux pattes s'appuient sur ma tête, et la pressent vigoureusement. Une ombre passe au-dessus de moi. C'était le chevreuil, qui m'avait pris comme tremplin pour sauter le fossé. Heureusement, j'avais ma casquette de cuir !

— Vos histoires sont toujours invraisemblables, mon cher Jules, dit mon grand-père en riant.

— Je vous en raconterai bien d'autres dans quelques années : des chasses à l'ours, au renard bleu !

— Comment cela ?

Le jeune homme se leva à demi, et, d'un ton de bonne humeur un peu forcé :

— Mes amis, madame, dit-il, je vous annonce mon départ pour l'Amérique.

— Quelle plaisanterie ! fit ma tante Giron.

— Nullement. C'est chose décidée en conseil de famille, arrêtée dans les détails mêmes. Le 11 de ce mois, dans dix jours, je m'embarque, à Plymouth, sur le Scotland, qui me déposera sur les rives du Saint-Laurent, à Québec.

— Est-ce en qualité de mineur, mon cher, dit Jacques, ou de scieur de long, ou de brasseur de bière que tu vas aborder le nouveau monde ?

— Non, mon ami, en qualité de planteur. Mon oncle de Mortaing, tu sais, ce vieux garçon aventureux, a fondé là-bas une colonie dont il est roi : trois mille hectares d'un seul tenant, terres à blé, prairies immenses. Un véritable rêve… M. le vicomte de Chateaubriand, ajouta-t-il en se retournant et en s'inclinant du côté de la muraille où pendait le portrait de l'illustre écrivain, j'emporterai les Nachez.

— Vous avez tort, Jules, dit mon grand-père sérieusement, de quitter ce pays où votre famille est ancienne et considérée. Un héritage, si beau qu'il soit, ne vaut pas un tel sacrifice. Est-ce bien cette raison qui vous pousse ? Je vous connais trop pour le croire.

Le jeune homme qui, jusque-là, avait soutenu sa réputation de joyeux compagnon, devint grave tout à coup. Quelque souvenir l'émut sans doute. Une larme mouilla le bord de ses paupières.

— Ma foi, ce n'est pas moi qui quitterai notre cher Craonais, dit Jacques, sans remarquer l'émotion que trahissait le visage de son ami. Depuis un an que j'y suis revenu, pas une heure d'ennui, pas un regret de Paris.

Le comte le regarda, et, s'efforçant de sourire :

— Parbleu ! dit-il.

— Que veux-tu dire ? demanda Jacques.

— Tout simplement, mon cher, que ce pays a pour toi des attraits qu'il ne peut avoir pour moi, de charmants voisinages, par exemple.

— Tu veux parler de mademoiselle de Seigny ? La plaisanterie tombe à faux, mon ami. J'ai pour cette aimable personne les sentiments de tout le monde, estime, respect, admiration si tu veux : je n'en ai pas d'autres.

— Tant pis, monsieur Jacques, tant pis, interrompit ma tante Giron. Au risque de vous contrarier je vous dirai : tant pis. Voilà une charmante fille, douce au pauvre monde, pieuse comme les anges du paradis et jolie comme eux, par-dessus le marché…

— Oh ! madame Giron, quel feu !

— Je dis tout ce que je pense, vous le savez, et comme je le pense ; eh bien ! m'est avis que si M. Jacques de Lucé, ici présent, épousait mademoiselle Marthe, ce serait le bonheur de tous deux et le bonheur de beaucoup d'autres encore dans la paroisse.

— Je vous remercie de la bonne opinion que vous avez de nos vertus respectives, madame Giron, mais d'abord, vous oubliez que je suis au plus mal avec la tante d'Houllins.

— Pour une bagatelle !

— La rupture n'en est pas moins complète. Observez, je vous prie, cette aimable vieille, quand je la salue, chaque dimanche, avec une persévérance méritoire, à l'issue de la messe de Marans : au lieu de me répondre, elle redresse la tête et la rejette en arrière, ou bien elle regarde, avec une intention marquée, du côté opposé. Sont-ce là de gracieuses avances, d'engageants préliminaires de… de ce que vous dites ?

— Tu oublies d'ajouter, mon cher, dit Jules, que mademoiselle Marthe, en pareil cas – je l'ai remarqué une fois, mais ce doit être une habitude, – reste un peu en arrière de sa tante, et répond, elle, à ton salut, par une révérence qui n'a rien de désobligeant, je suppose, et qui expliquerait peut-être ta persévérance à saluer l'autre…

— Ah ! ah ! monsieur Jacques ! dit ma tante Giron.

— Qu'est-ce que cela prouve ? repartit vivement le jeune homme. Jugez vous-même, madame Giron, si ce n'est pas une cruauté que de me vouloir marier. Quelle a été mon existence jusqu'à présent ? J'ai à peine connu mon père. Nous sommes restés, ma mère et moi, dans le château de famille de la Basse-Rivière ; elle triste, moi enfant ; elle vieillissant, moi grandissant. Je n'avais pas treize ans quand elle est morte, elle aussi. Aussitôt, mon tuteur m'enlève de la terre patrimoniale, sous prétexte qu'il faut à un gentilhomme une autre instruction que celle qu'un vicaire de campagne peut donner. Il m'interne au collège, à Paris. J'y entends sonner seize, dix-sept, dix-huit ans. J'en sors bachelier, avide de grand air et de liberté. Enfin je vais revoir la Basse-Rivière ? Non. M. d'Usselette me retient à Paris : il faut compléter mes études, faire du droit, science indispensable, paraît-il, pour administrer convenablement les dix mille livres de rente que m'ont léguées mes parents, il faut voir le grand monde. J'obéis. Le grand monde que je vois met obstacle aux études que je fais. Au bout de six ans, j'obtiens de la lassitude des jurys d'examen mon diplôme de licencié. Me voilà libre ! Je rentre au pays. Il y a de cela douze mois, madame Giron, et je me souviens que mon cœur battait bien fort dans ma poitrine quand j'aperçus mes peupliers et mes girouettes rouillées. J'achète un cheval et des chiens ; je retrouve Jules, un camarade d'enfance, votre beau-frère, un ami que ma mère aimait déjà ; nous chassons ensemble dans un pays merveilleux : je cours les forêts voisines ; je suis reçu dans les châteaux et dans les fermes avec des sourires de connaissance que ma mère avait semés jadis par là, et qui fleurissent aujourd'hui pour moi ; Francine me nourrit comme un jeune nabab ; François commence à se faire à son triple métier de valet de chambre, de cocher et de piqueur ; enfin tout est joyeux et accueillant autour de moi, tout me plaît, ma vie s'arrange à souhait : et vous voulez que je détruise tout cela, que je me marie, que j'introduise dans ma maison un élément nouveau, envahissant, que je vende Cab pour acheter deux percherons, que François disparaisse pour faire place à un groom en livrée, que je n'aie plus la liberté de mon temps ni de mon cœur ! Allez, madame Giron, vous êtes mon ennemie. Il est trop tôt pour une pareille folie. Dans cinq ans d'ici, si je change d'avis, je vous en préviendrai.

— Là, là, là, comme vous plaidez, mon ami ! s'écria mon grand-père. Je vous assure qu'au tribunal, où mon métier me condamne à entendre les plaidoiries des avocats débutants, vous feriez bonne figure. Ils ne parlent pas avec tant de feu ni de couleur. Vous leur ressemblez seulement en ce que, comme eux, c'est par une mauvaise cause que vous débutez.

— Laissez-le donc, mon frère, avec sa liberté ! ajouta ma tante Giron. Il en sera bientôt embarrassé. Il viendra nous trouver avec des airs longs comme d'ici Paris. Nous le renverrons à Francine et à François, à son cheval Cab et à ses forêts voisines.

Puis elle changea brusquement de conversation, comme elle faisait toutes les fois qu'elle était contrariée. Depuis quelque temps déjà le repas était terminé, et les convives avaient écarté leurs chaises de la table sans la quitter tout à fait. Au dehors, c'était la nuit. Le village dormait. À peine si, à de longs intervalles, on entendait le pas d'un homme qui montait le petit chemin.

Bientôt les deux jeunes gens se levèrent, prirent congé de leur hôtesse, et, chargés de plus de perdreaux qu'ils n'en avaient rapportés de la chasse, sortirent du logis. Quand ils eurent dépassé l'église :

– Reconduis-moi jusqu'à la Croix-Hodée, dit le baron Jacques ; nous ne nous reverrons plus guère, mon pauvre Jules !

– Volontiers.

Ils prirent tous deux la route encaissée, bordée de grosses souches, qui menait à Segré. Les talus, les haies, les arbres, les enveloppaient d'une ombre épaisse. Parfois seulement, quand une barrière ouvrait une baie dans ce mur sombre, ils apercevaient les champs couverts d'une brume légère. Toutes les araignées qui tissent les fils de la Vierge étaient à leur métier, ce soir-là, et la besogne était avancée déjà, car les luzernes, les prés, les chaumes, avaient sous la lune un scintillement d'argent. La cime des peupliers se balançait lentement, touchée par les hautes brises, mais les feuillages plus humbles dormaient, et la campagne entière était assoupie.

– Une belle nuit d'automne, dit le baron. Quand tu seras rendu, tu m'écriras si les nuits du Canada valent les nôtres, si on trouve là-bas des genêts et des madame Giron, comme ici.

– Non, mon ami, répondit Jules, avec un accent de tristesse dont son compagnon fut étonné, je sais d'avance que tu n'auras rien à m'envier... Mon cher Jacques, ajouta-t-il après un moment, avant de partir pour longtemps, pour toujours peut-être, laisse-moi te dire, comme madame Giron : épouse mademoiselle de Seigny.

– Comment, toi aussi ? Mais c'est un coup monté !

– Non, mon ami. J'ai essayé de rire pendant le dîner. L'heure n'y est plus. Je vais te quitter, et je te parle sérieusement, et le conseil que je te donne vient du plus profond de mon cœur. J'ai bien le droit de te le donner, va, car, – à quoi bon te le cacher ? – j'ai pensé à elle.

– Eh bien ! pourquoi n'y plus penser ?

— Pourquoi ? C'était un rêve impossible : mon père et ma mère, — tu les connais, — n'auraient jamais consenti à un mariage avec une jeune fille si peu riche, et puis...

— Et puis ?

— Tu es arrivé au pays, plus brillant, plus séduisant que moi, qui suis un rural. J'ai vu tout de suite qu'elle te préférerait, que tu serais facilement son vainqueur et par conséquent le mien...

— Et c'est pour cela que tu pars ?

— Un peu. Je te la laisse. Dans ma pensée intime, c'est le bonheur que je te laisse. Tu pourrais ne pas l'apercevoir et passer à côté, Jacques, et je veux te l'indiquer aussi.

— Mais, c'est une folie, mon bon ami ! Ne pars pas. Ne fais pas un sacrifice que je ne t'ai pas demandé, que rien ne justifie, je te l'assure. Je ne pense pas à mademoiselle de Seigny ; je ne pense même pas à me marier. Je t'en supplie, reste : j'irai demain trouver ton père, je lui dirai...

— Non, mon ami, répondit Jules en lui prenant la main et en se détournant pour dissimuler son émotion : plus un mot de tout cela. Je suis décidé. C'est pour moi un passé fini. Le vent d'aventure a soufflé sur ma vie, il m'emporte, les amours de France sont pour d'autres... Adieu, Jacques...

Le baron, troublé de cette confidence, de cette douleur dont il était la cause involontaire, et sentant venu le moment de la séparation, d'une séparation peut-être définitive, resta quelque temps sans parler, tenant serrée la main de son camarade d'enfance. Il avait compris que la résolution de Jules était sans appel. Il n'essaya pas de lutter.

— Adieu, dit-il enfin, adieu, brave cœur ! Les deux jeunes gens, par un mouvement rapide, se dégagèrent l'un de l'autre, et, saluant la Croix-Hodée qui se dressait là, toute grise dans la nuit, prirent les deux chemins opposés.

Jacques de Lucé regagna lentement la Basse-Rivière, et monta dans sa chambre. Il était agité, triste, et maugréait en lui-même contre cette petite voisine qui intervenait brusquement dans sa vie. Mille pensées, mille souvenirs se pressaient en lui, le fatiguant de leur nombre et de leur insistance. La singularité de sa position l'étonnait : on fuyait parce qu'on désespérait de le vaincre, et lui n'avait pas encore prétendu conquérir ; on avait créé pour lui de toutes pièces, en lui recommandant de ne pas s'y soustraire, un bonheur auquel il n'aspirait pas. « Quelle étrange manie ont les gens de vous marier, mur-murait-il, et d'arranger votre existence à leur façon, de régler ce que vous ferez et ce que vous ne ferez pas et, ce qui est plus insensé encore, de fonder leurs propres projets sur de pareilles combinaisons, écloses dans leur cerveau, pour le compte du prochain ! Voilà ce pauvre Jules parti, parti par jalousie !... Et pourquoi ?... Cette jeune fille... est ma voisine... une voisine comme une autre, après tout... Non, il faut être juste ; pas tout à fait comme une autre. Elle est la plus proche, d'abord... Elle est jolie aussi... Oui, elle est plus qu'agréable... On la dit aimable, et je veux bien croire qu'elle l'est... La famille est bonne... Mais, enfin, ce n'est pas une raison parce qu'on a une voisine très proche, jolie, aimable et bien née, pour l'épouser nécessairement... fatalement... surtout quand on ne veut pas se marier ! »

La tyrannie d'une idée fixe est difficile à secouer. Quand il en fut rendu à ce point de ses réflexions, Jacques partit dans une nouvelle voie, et se demanda si vraiment il ne voulait pas se marier. Ce fut la source de raisonnements, d'objections, de réfutations et d'hésitations interminables. Il ne s'endormit qu'à deux heures du matin, brisé de fatigue, exaspéré contre les innocents qui troublaient sa quiétude et, naturellement, sans avoir trouvé la solution.

Chapitre III

Il se réveilla tard et la tête lourde. À peine éveillé, les mêmes préoccupations recommencèrent à bourdonner autour de lui. Pour y échapper, pour se fuir lui-même, il songea que le meilleur moyen était d'aller voir quelqu'un. Mais qui ? Il était bien tôt pour retourner chez ma tante Giron ; d'ailleurs, il se souvenait vaguement qu'elle avait parlé d'une lessive, opération grave à la campagne et qu'il est du plus mauvais goût d'interrompre.

– Si j'allais faire visite à mon curé ? pensa-t-il. Il est venu précisément, il y a huit jours, à la Basse-Rivière sans m'y trouver.

Il siffla son chien, et partit dans la direction du bourg.

Le curé de Marans était alors l'abbé Courtois, le plus original des curés, célèbre à cinquante lieues autour de son presbytère pour ses excentricités, très connu de Dieu et de ses paroissiens pour ses vertus, et qui a laissé une légende considérable, variée, presque toujours drôle, émue parfois.

Tout jeune, à l'époque où il était encore vicaire à Candé, il s'était signalé à l'attention des hommes.

Un matin de marché, comme il passait sur la place, un métayer, qui tenait un poulain par le licou, l'interpelle :

– Où allez-vous donc si vite, monsieur l'abbé ?

– Voir un malade pressé : tu devrais bien me prêter ton cheval.

– Ça ne serait pas de refus ; mais je ne l'ai jamais monté.

– Bah ! prête toujours, je n'ai pas peur.

Et le robuste vicaire saute sur le poulain qui, sitôt lâché, prend le mors, ou plutôt le licol aux dents, part au galop, traversant comme la foudre la place encombrée de groupes d'hommes et de femmes, de brouettes, de charrettes, de lots de moutons et de bœufs.

— Jésus, mon Dieu ! criaient les bonnes femmes, voilà le vicaire sans chapeau, à califourchon sur la pouliche au père Choyot ! Elle va le tuer, pour sûr !

Elle ne le tua pas, mais elle le jeta par terre. Dans la chute, l'abbé se démit le pouce.

Il se releva aussitôt, et, au lieu de répondre aux questions des métayers accourus autour de lui :

— Allez me chercher une corde, dit-il, et pas trop grosse.

On la lui apporta. Il lia fortement le pouce démis, puis il attacha l'extrémité de la corde derrière une charrette arrêtée sur la route.

— Trois gars pour me tenir, demanda-t-il, et tenez-moi bien !

Trois solides laboureurs le prirent par les épaules et à bras-le-corps.

Il cria : « Hue ! » Les chevaux tirèrent. Les hommes retinrent l'abbé. On entendit l'os du doigt craquer.

— Ça y est, dit le vicaire ; lâchez-moi à présent ; merci, mes gars : mon pouce est remis.

Ce fut là le point de départ de sa réputation.

Elle s'enrichit rapidement d'une foule de traits et de mots, devint diocésaine, dépassa même les frontières de l'Anjou, quand l'abbé eut été nommé à Marans. Le vicaire de Candé était connu, le curé de Marans fut célèbre. Et, fidèle jusqu'au bout à son caractère exceptionnel, cet homme, qui ne faisait ou ne disait rien comme un autre, sut se faire aimer, respecter, regretter comme pas un. La paroisse était bonne ; elle atteignit la perfection humaine sous sa rude direction. Encore aujourd'hui ses paroissiens lui font honneur.

Il fallait les voir, lui et eux, lui contre eux, les jours de quête pour le séminaire ! Monseigneur l'évêque disait souvent : « Je n'ai guère de plus petite paroisse que Marans ; je n'en ai pas de plus aumônière. »

Je le crois bien, monseigneur ! Mais avez-vous jamais su comment le curé s'y prenait ?

Il ne se contentait pas de recommander chaudement la quête, du haut de la chaire, et de tendre ensuite son plateau.

Il interpellait les uns et les autres, en passant dans les rangs.

– Toi, la Jeanne, tu auras une moins belle coiffe à la Toussaint qui vient : donne-moi une pièce blanche.

– Toi aussi, père Clopinaie ; tu as bien le moyen ; tu feras une année de purgatoire de moins.

– Allons, Moricet, quatre pipes en terre pour le bon Dieu ; ça fait quatre sous que tu lui dois.

– Voilà le bon coin, disait-il en quêtant ma tante Giron : les rouelles de pomme vont tomber dru.

Il appelait ainsi les pièces de cinq francs.

C'étaient toujours les mêmes plaisanteries et toujours le même succès. Tout le monde donnait, qui des pièces blanches, qui des gros sous : la maigre caisse du séminaire s'en trouvait bien, et personne ne s'en trouvait plus mal, paraît-il, car à la fête suivante la Jeanne portait sa coiffe nouvelle, le père Clopinaie avait toujours ses huit paires de bœufs à l'étable, Moricet n'avait pas perdu une bouffée de sa pipe, et ma tante Giron avançait toujours dans le plateau la grosse rouelle de pomme.

L'abbé Courtois avait d'ailleurs pour principe et pour coutume de dire publiquement tout ce qu'il lui semblait utile de dire. Ses paroissiens étaient ses enfants. Il était le père. Eh bien ! il les grondait en famille. Quand un scandale, petit ou grand, se produisait parmi ses ouailles, – ce qui était rare, – ou dans le voisinage, quel sermon le dimanche suivant, quelle volée de bois vert ! Le curé ne nommait pas le coupable, mais tout le monde savait l'adresse. L'effet manquait rarement, et le cas ne se renouvelait guère : car le discours était merveilleusement fait, dans le fond et dans la forme, pour atteindre son but. L'abbé parlait à ses laboureurs dans une langue voisine de la leur, avec une connaissance profonde des mœurs et des choses rurales. Dans ses moindres sermons, il y avait un grain d'observation et d'esprit. Quelques-uns étaient de purs chefs-d'œuvre : celui qu'il fulminait, par exemple, contre les foires en général et contre celle de Candé en particulier. Il terminait ainsi :

— Et voilà la foire qui finit. Le soir approche. On revient. Vous ramenez vos bêtes et vos enfants. Qu'est-ce qui vous est le plus cher des deux ? Vos enfants ? Moi je vous dis que non, ce sont vos bêtes, car vous en prenez plus de soin. Vous savez bien ce qui se passe, en effet. Le père s'en va, clopinant sur la route avec la mère et la taure qu'on n'a point vendue. La fille reste par derrière, toute seule. Elle s'en va doucement, le long de la haie. De temps en temps elle s'arrête ; elle cueille une pousse de haie et la mordille ; puis elle tourne la tête, et dit on roulant le coin de son tablier : « I n'vient point ! » Mais si ! il viendra, et le diable aussi, parents idiots, qui veillez mieux sur le retour de vos bêtes que sur celui de vos enfants !

Il veillait, lui, sur tous ses paroissiens et sur chacun. Non content de bien conduire ceux qui venaient à lui, il allait chercher ceux qui le fuyaient ; il les suivait aux champs, quand le temps pascal approchait, pour les trouver seuls et leur parler librement. Et quand le grand François, qui n'était pas des meilleurs, la faucille sur l'épaule, fermait la barrière de son champ de luzerne, le curé apparaissait tout à coup de l'autre côté, et lui disait :

— François, viens te confesser, ton salut le veut !

— Monsieur le curé, c'est de la surprise, répondait le grand François.

Mais il se confessait tout de même, quelquefois en pleine luzerne, à l'ombre d'un pommier.

Et voilà pourquoi ce curé si rude, si riche en étrangetés de toute sorte, héros d'aventures invraisemblables, qu'on rencontrait par les chemins sans chapeau ni rabat, qui jouait de la guimbarde après dîner, et fumait la pipe comme un recteur breton, était vénéré, et l'était justement dans sa paroisse. Ceux qui vivaient près de lui riaient quelquefois, et admiraient plus souvent. Ils savaient que cet homme, sévère pour les autres, était dur pour lui-même ; ils savaient qu'il se nourrissait de soupe froide et de lait caillé pour pouvoir donner aux pauvres plus de pain blanc et de vin ; ils avaient pu compter pour lui, qui ne comptait pas, les nuits passées au chevet des mourants ; si ses soutanes avaient des trous aux épaules, ils ne s'en scandalisaient pas, l'ayant maintes fois rencontré l'hiver, à la brune, chargé d'un fagot de bois qu'il portait dans quelque taudis éloigné ; à toute heure, en toute circonstance, ils l'avaient trouvé prêt et dévoué : ils l'aimaient.

Le baron de Lucé n'avait pas tardé à partager cette sympathie générale, et, depuis un an qu'il habitait le pays, il ne se passait guère de semaine sans qu'il allât frapper à la porte du presbytère.

En traversant la place, il aperçut ma tante Giron qui éparait la lessive dans le jardin. Elle étendait sur des cordes le linge blanc que Rosalie apportait de la rivière, et le vent se chargeait du reste, un petit vent du sud bien séchant, qui faisait onduler les draps, et gonflait les chemises comme des outres.

— Bonjour, madame Giron ! dit le jeune homme.

Elle tourna la tête.

— Bonjour, monsieur Jacques ! Vous ne venez pas me voir, je suppose ?

— Non, non, je vais chez M. le curé.

— Vous avez bien raison ; allez donc le voir : il a mieux le temps de vous écouter que moi.

— Je sais, madame Giron, tous les égards dus aux lessives, et je me sauve.

Le baron entra en riant dans la cour du presbytère. Il allait loqueter la porte, quand elle s'ouvrit. L'abbé Courtois parut.

— C'est vous, mon enfant, qu'y a-t-il pour votre service ?

— Je venais vous voir, monsieur le curé, et causer avec vous en bon voisin. À propos, savez-vous que nous en perdons un, tous les deux ?

— M. Jules ? oui, il y a longtemps que je le savais. C'est une grande perte, puisque c'est perdre un honnête homme… Dites-moi, monsieur Jacques, vous m'accompagnerez bien ?

— Vous sortez ?

— Je vais à la Cerisaie, où l'on me demande.

— À la Cerisaie ! Quelqu'un de malade ?

— Qui vous a dit cela ? Je ne pense pas. Au fait, je n'en sais rien. Tenez, ce n'est pas un secret. Voici le billet que je viens de recevoir par une petite de l'école :

« Mademoiselle d'Houllins, ne pouvant quitter la Cerisaie, serait très obligée à monsieur le curé de Marans de venir l'y trouver cet après-midi. »

Ce n'est pas une formule de malade cela.

Enfin, allons-y voir. Vous venez ?

— Jusqu'aux frontières, répondit le baron.

L'abbé Courtois avait pris sa grosse canne de buis, dont la poignée figurait un lévrier courant et, chose rare, son chapeau. Seulement, comme il eût fallu saluer à chaque pas en traversant le bourg, il tenait son large feutre à la main, répondant d'un signe de tête et d'un mot à tous les bonjours jeunes et vieux qui partaient du seuil des portes où les enfants jouaient, et des fenêtres basses où les aïeules filaient.

Quand la dernière maison fut dépassée, il posa son chapeau sur sa tête, un peu en arrière.

— Un joli temps de saison, dit-il.

Son compagnon, qui cherchait depuis quelques minutes à deviner le sens de cette lettre apportée de la Cerisaie, répondit, en suivant sa pensée :

— Peut-être est-ce mademoiselle de Seigny qui est malade, monsieur le curé ?

L'abbé s'arrêta ; un gros rire épanouit sa face taillée à grands coups d'ébauchoir par le sculpteur céleste, et, regardant le jeune homme :

— Cette jeunesse malade, si saine et si forte, allons-donc ! vous le seriez plus vite qu'elle, avec votre mine maigre de Parisien. Si vous l'aviez vue avant-hier, comme je l'ai vue, galoper dans les prés sur sa jument grise, vous n'auriez pas cette idée-là. Mademoiselle Marthe est du pays : elle est rustique comme une fermière ; de santé, s'entend, car pour l'esprit, elle en remontrerait à son curé.

– Vous la flattez, monsieur l'abbé.

– Vous ne la connaissez donc pas ? Je sais ce que je dis : à dix lieues à la ronde, dans les châteaux du Craonais, on en trouverait de plus riche, et facilement, mais de plus honnête, et de plus gaie, et de plus vaillante, nenni, c'est moi qui vous le dis. Aussi l'affaire pour laquelle sa tante m'écrit, c'est, je crois, tout simplement…

À ce moment, une bécassine partit devant eux, avec un cri de frayeur, et glissa, comme un trait de lumière blanche, dans l'ombre du chemin vert.

– Il faut prendre la voyette, dit le curé, voici un mollet.

L'orage de l'avant-veille avait, en effet, amené trois pouces d'eau au carrefour, et les dos même des ornières, piétinés par les bœufs, n'offraient pas de chaussée praticable.

En deux enjambées, s'aidant des basses branches qui pendaient, l'abbé fut dans le champ voisin.

– À vous ! dit-il en tendant la main à son compagnon.

Soutenu par le robuste poignet du curé, le jeune homme escalada lestement le talus.

Ils se trouvèrent dans un pré long et étroit, au milieu duquel un fossé rempli d'acanthes et de joncs servait, dans la mauvaise saison, de déversoir à l'étang du chemin.

À trente pas d'eux, près du petit échalier, au bout de la voyette, un homme, courbé vers la terre, examinait l'herbe attentivement. Il avait à la main une bêche légère et sur le dos une sorte de panier attaché en bandoulière et plein d'objets menus, noirs, luisants au soleil.

– Tiens, le grand Luneau ! dit l'abbé.

– Le taupier ?

– Oui, un bon gars, trop fainéant pour faire autre chose.

À leur approche, Sosthène Luneau se redressa lentement, se détourna de même. Quand il aperçut le curé, sa figure songeuse prit une expression amicale et embarrassée à la fois.

— Eh bien ! Sosthène, dit l'abbé Courtois, tu cherches la grande route de la taupe, sous la barrière ?

— Oui, monsieur le curé ; vous connaissez donc les secrets des taupiers ?

— Je sais tout, et je vois tout, même que tu as l'air achalé. Est-ce le chaud qui te fatigue, ou le métier qui ne va pas ?

— Non, monsieur le curé, ni le chaud ni la taupe. Vous voyez, le bissac est plein.

— Tu as quelque chose tout de même qui le tourmente. Tu viendras me conter ça demain, à la veillée.

Le taupier ne répondit pas, et les deux promeneurs, enjambant l'échalier, s'éloignèrent par la voyette qui côtoyait le chemin.

— Ce qu'il a, le pauvre garçon ? dit Jacques. On m'a raconté qu'il avait demandé la petite Annette, de la Gerbellière, et qu'elle ne se pressait guère de lui répondre.

La figure du curé s'était soudain rembrunie.
— Vous devriez avoir pitié de lui, monsieur le curé, continua le jeune homme, et l'aider. Un mot de vous lui ferait gagner sa cause.

— Il a le temps de prendre bien des cents de taupes et bien des mille aussi, répondit rudement l'abbé, avant que ce mariage se fasse. Ne vous en mêlez jamais.

Il continua de marcher quelques instants, visiblement contrarié, frappant du bout de sa canne les mottes que la charrue avait jetées dans le sentier. Puis, reprenant sa bonne humeur :

— Tenez, monsieur Jacques, j'allais vous le dire quand le passage du talus m'a coupé le verbe : c'est pour une affaire de ce genre-là, j'imagine, que je suis appelé à la Cerisaie. Mademoiselle Marthe a vingt ans, et la tante, qui n'est plus jeune, veut la marier.

Une vive rougeur monta aux joues du baron Jacques. Il tourna la tête du côté du chemin, aimant mieux montrer aux souches qu'à son curé, qui l'observait malignement du coin de l'œil, cette petite illumination. Il était furieux contre lui-même.

— Je suis absurde de rougir ainsi, pensait-il ; et pourquoi ? Parce que ma voisine se marie ! Qu'est-ce que cela peut me faire ?

Il répondit d'un ton d'indifférence :

— Vraiment ? Ce serait une grosse nouvelle pour Marans. J'espère que je ne serai pas le dernier à connaître l'heureux mortel qui deviendra seigneur de la Cerisaie et de la Gerbellière.

L'abbé haussa les épaules, et causa d'autre chose.

Ils tournèrent à droite, traversèrent une longue pièce de chaume. Près de la haie, le curé s'arrêta.

— Nous sommes aux limites du domaine, dit-il. Venez-vous plus loin ?

— Vous savez bien, monsieur le curé, que le passage sur les terres de mademoiselle de Seigny m'est interdit.

— Bah ! bah ! de l'histoire ancienne. Enfin, comme vous voudrez. Au revoir, monsieur Jacques !

Et il lui serrait les mains dans les siennes, comme s'il eût voulu, en lui disant au revoir, le retenir encore. Il se pinçait les lèvres, et ses grosses épaules remuaient. Évidemment quelque idée lui trottait dans l'esprit. En pareil cas, le curé ne se taisait jamais longtemps.

— Ma foi, tant pis ! dit-il en éclatant. Je vais vous le dire comme je le pense : si vous laissez un autre l'épouser, mon cher ami, sauf votre respect, vous n'êtes qu'une bête.

— Grand merci ! répondit le jeune homme, un peu piqué, malgré la pratique qu'il avait des formes pastorales de l'abbé Courtois.

— Si votre mère était encore de ce monde, répliqua l'abbé, je n'aurais pas eu besoin de vous dire cela : il y a longtemps que ça serait fait…

— Au revoir, Annette, à demain ! chanta une petite voix claire, devant eux, sous les grands arbres qui entouraient la ferme de la Gerbellière.

Le curé monta sur le talus, écarta les épines avec sa canne, et aperçut mademoiselle de Seigny près de la barrière de la métairie, de l'autre côté du chemin. Quand elle eut embrassé Annette, sa sœur de lait et son amie, elle prit le chemin qui, à cent mètres de là, tournait autour de la Cerisaie. Elle allait passer devant l'endroit où s'était arrêté l'abbé, quand celui-ci se laissa glisser le long du talus, plongea au fond du fossé, et se redressa à trois pas d'elle.

Surprise, elle se rejeta un peu en arrière, puis, reconnaissant le curé:

— Bonjour, monsieur le curé ! dit-elle.

Un peu plus vous m'auriez fait peur. Comme toujours, vous arrivez à travers champs !

— C'est que la route est toujours mauvaise, mademoiselle Marthe. Nous l'avons quittée au carrefour du Tremble.

À ce pluriel, la jeune fille leva la tête. Elle jeta un coup d'œil sur la haie, et découvrit, entre deux souches, le baron de Lucé qui la salua, un peu troublé.

Elle passa, légère et vêtue de noir.

— Mon enfant, dit le curé, de qui portez-vous le deuil ?

Ils étaient déjà loin.

La réponse se perdit sous les branches.

Chapitre IV

C'était une aimable fille, mademoiselle Marthe de Seigny, rose, vive, vaillante de corps et d'âme, point coquette, bien que jolie, et toujours prête à rire. Il ne faut pas s'inquiéter de ceux qui savent rire : ce sont ceux qui pleurent le mieux quand il le faut. Quand elle passait, le matin, dans les allées humides de la Cerisaie, alerte, avec ses petits sabots claquants, ses cheveux blonds frisant sous son chapeau de paille et sa mine de primevère heureuse d'éclore, on cherchait involontairement le griffon noir ou jaune dont Fragonard accompagne le portrait de ses marquises adolescentes. Elle avait tout à fait ce type qui séduisait le peintre des derniers sourires de l'ancien régime ; à tel point que le vieil oncle Onésime, — un Auvergnat pourtant, — étant venu, du fond de sa province, voir sa nièce qu'il ne connaissait pas, s'écria en l'apercevant :

— Un Fragonard, sur mon honneur, un pur Fragonard !

Marthe n'y comprit rien, seulement, quand l'oncle fut parti, ce qui ne tarda guère, elle donna ce nom de Fragonard, qui l'avait frappée, à un jeune chat qui venait de naître.

Il y avait de cela plusieurs années. Depuis lors, l'enfant était devenue jeune fille, le chat paresseux et superbe, et la tante d'Houllins, qui surveillait l'un et l'autre avec un soin inquiet et querelleur, avait pris quelques rides de plus, ce qui eût semblé invraisemblable à ceux qui la connaissaient depuis vingt ans.

Marthe de Seigny était orpheline. Son père allié d'un côté aux meilleures familles de l'Auvergne et, par sa mère, à plusieurs maisons de l'Anjou et du Poitou, avait, avant la Révolution, pris du service dans la marine royale. Son vaisseau faisait campagne dans la mer des Indes, lorsque les premières têtes roulèrent sur le pavé de Paris. Il continua sa croisière, prêt à donner sa démission dès qu'on lui enverrait un ordre, dès qu'on lui demanderait un serment contraire à l'honneur. Il ne reçut ni ordre ni demande de cette sorte, et, passant d'un vaisseau sur un autre, demeura hors d'Europe pendant toute la Révolution.

En 1805 seulement il débarqua à Rochefort. Il se rendit immédiatement à Paris, et offrit sa démission.

L'empereur le fit venir.

– Vous voulez quitter le service, monsieur ?

– Oui, Sire.

– Vous avez servi la Révolution, et vous refusez de servir l'empire ?

– La Révolution ne m'a rien demandé : l'empereur me demande un serment contraire à ceux que j'ai faits aux Bourbons.

– J'ai besoin de bons officiers, monsieur, et de gentilshommes.

– Faites-en, Sire.

Napoléon le regarda, étonné de cette hardiesse. Un éclair de colère passa dans ses yeux. Puis, vaincu par ce grand cœur d'un simple officier, il répondit :

– Vous savez, comme moi, qu'on n'en fait pas de comme vous, en un jour, monsieur. Vous êtes lieutenant de vaisseau ?

– Oui, Sire.

– Je vous fais capitaine de frégate. Si vous refusez, je vous fais conduire à la frontière. Choisissez.

– Alors, Sire, je me rembarque.

Trois semaines plus tard, le capitaine de frégate baron de Seigny quittait Toulon pour les Antilles.

Deux années encore il tint la mer. Cette nouvelle campagne terminée, il revint, cette fois pour tout à fait.

À peine sa démission acceptée, il courut au village natal : ses parents étaient morts et la petite terre patrimoniale criblée d'hypothèques. La première chose que fit M. de Seigny fut de vendre la terre et de payer les dettes ; la seconde, de s'informer si son camarade d'enfance, Onésime d'Houllins, vivait encore.

Il le retrouva en Bresse, non plus tel que ses souvenirs le lui représentaient, à vingt-cinq ans de distance, impétueux, batailleur, plein d'un dévouement chevaleresque pour la reine Marie-Antoinette en qui il personnifiait la France, alors que tous deux, terminant leurs études au collège de Clermont, échangeaient leurs rêves d'avenir, mais presque ruiné de santé, sceptique en religion, révolutionnaire en politique, vivant, pour une grande part, du produit de spéculations sur la nature desquelles il ne s'expliquait pas, dans son château de Montrevel. La désillusion fut profonde de ce côté et douloureuse pour M. de Seigny. Il resta pourtant à Montrevel.

Onésime d'Houllins avait deux sœurs, l'une à peu près de son âge, l'autre beaucoup plus jeune, nature d'élite, supérieurement douée d'intelligence et de grâce, en qui toute la sève de la race s'était portée. Le voyageur vit Geneviève d'Houllins et l'aima. Pour l'obtenir, il dut promettre d'habiter la petite terre familiale. Il promit d'essayer. L'amour l'y engageait et aussi le reste de sympathie qu'il conservait, malgré tout, pour son ancien camarade. Nos pauvres illusions humaines, quand elles font naufrage, tentent toujours de se sauver sur un radeau. Il se flattait donc qu'à force de prudence et de courtoisie, les causes de dissentiment ne produiraient pas leur effet entre Onésime et lui ; qu'ils pourraient cheminer côte à côte sans se heurter, et qu'un jour peut-être, vaincu par la vie heureuse qu'ils lui feraient, Geneviève et lui, ce vieil ami reviendrait aux traditions de sa famille et de son enfance.

Tous les jours, et malgré les cruels démentis que la réalité leur infligeait, M. et madame de Seigny s'étudiaient, en âmes délicates et scrupuleuses du bien, à écarter de leurs paroles ou de leurs actes tout prétexte de froissement.

Ils avaient malheureusement affaire à une de ces natures entêtées et maussades qui acceptent tous les sacrifices sans en être touchées, déserts de sable qui boivent toute l'eau qu'on leur donne sans rendre un brin d'herbe.

La situation devint rapidement intolérable.

Madame de Seigny fut la première à reconnaître qu'il fallait quitter Montrevel. Mais le chagrin qu'elle ressentit de cette séparation et des causes qui l'avaient amenée porta à sa frêle santé un coup fatal. Le baron de Seigny acheta alors, d'un de ses parents éloignés, la terre de la Cerisaie, sur les limites de la paroisse de Marans. La jeune femme y parut à peine. Moins d'un an après son arrivée dans le Craonais elle mourait, en donnant le jour à une petite fille. C'était au printemps de 1808.

Resté veuf, M. de Seigny fut admirable de résignation et de dignité. Un souvenir cruel et doux l'attachait désormais à ce domaine où elle avait vécu les derniers mois de sa vie. Il continua d'y mener la même existence simple et entourée. Pas une de ses relations ne fut brisée. Il demeura pour tous le gentilhomme accueillant et de hautes manières qu'il avait toujours été. Seulement sa taille si ferme de marin se voûta, et le pli plus profond de ses sourcils accusa la souffrance qu'il taisait.

Bientôt il eut à s'occuper de l'éducation de sa fille. Il s'y donna passionnément, et nul n'aurait pu voir sans être attendri cet homme encore jeune, blanc déjà, contempler avec un long sourire triste l'enfant qui jouait devant lui dans les prairies de la Cerisaie, refaire avec elle les promenades que la jeune mère avait faites, lui montrer les sites qu'elle préférait, les gens qu'elle avait connus et qui pouvaient parler d'elle, poursuivant sans cesse, dans la formation de cette jeune et vive nature, l'image idéalisée par la mort de celle qu'il avait aimée.

Une autre cause, d'ailleurs, attachait M. de Seigny au coin de terre où la Providence l'avait amené. Une affinité profonde s'était révélée, dès le premier jour, entre lui et cette population si saine et si forte qui l'entourait ; le temps l'avait accrue, et quand il mourut seize ans plus tard, on eût pu croire, aux regrets qu'il laissait, que la famille était vieille de plusieurs siècles dans la reconnaissance du pays.

Toutes les pensées se tournèrent alors vers la jeune orpheline de la Cerisaie. Qu'allait-elle devenir ? Ses parents de Montrevel la rappelleraient sans doute auprès d'eux. On la plaignait ; déjà le bruit courait que l'oncle d'Houllins était arrivé à Segré en poste, quand les hommes de loi découvrirent, dans les papiers de M. de Seigny, un testament. La volonté expresse du père était que sa fille ne retournât jamais en Bresse : « Dut-elle vivre seule à la Cerisaie, disait-il, sous la garde de Dieu, à qui je la confie, je veux qu'elle demeure, jusqu'à son mariage ou son entrée en religion, dans ce domaine où sa mère et moi avons trouvé si bon accueil. »

En présence de cet ordre formel, Onésime d'Houllins, nommé tuteur par le conseil de famille, dut céder. Mais il déclara que, de son côté, il ne quitterait pas Montrevel, même un jour, pour s'occuper de sa pupille ou de ses biens. Ce fut mademoiselle Ursule d'Houllins, l'aînée d'Onésime et de la baronne de Seigny qui vint habiter près de sa nièce. Elle s'y décida, poussée par son frère et d'assez mauvais gré, car elle appartenait à cette espèce de gens qui n'ont jamais l'air d'accepter les sacrifices qu'ils font, et auxquels on serait tenté d'en vouloir quand ils remplissent un devoir, tant ils y mettent de méchante humeur.

Cette laide petite personne, aigrie par la longue négligence du sort à la doter d'un mari, n'était pas un chaperon bien plaisant pour mademoiselle de Seigny. Marthe lui fut néanmoins reconnaissante, l'entoura d'affection et de prévenances, et supporta gaiement les giboulées qui, de temps à autre, traversaient son mois de mai.

Le monde, moins indulgent, s'écarta peu à peu, après la mort de M. de Seigny. Quelques proches voisins restèrent seuls fidèles à la nièce en dépit de la tante, et le château, – si l'on peut appeler ainsi la vieille maison carrée que flanquait un pavillon surélevé d'un étage, – reprit graduellement cet air de solitude et de demi-abandon qu'il avait un instant perdu. Les allées qui traversaient les prés, en partant du perron, se rétrécirent, envahies par la lente marée de l'herbe. Les massifs de fleurs les plus éloignés disparurent, sans qu'il y eût d'ordre positif à leur égard. Des pigeons à huppe remplacèrent les paons favoris du baron, et la mauve qui, depuis quinze ans, cherchait à reprendre possession de la cour derrière le logis, son ancien domaine, s'y maintint bientôt à force de persévérance, et s'éleva de toutes les fentes de pierre, superbe, en touffes arborescentes, pour le plus grand bonheur des canards dont elle abritait le sommeil et des poules qui, dans ses fleurs, piquaient les abeilles gourmandes.

Marthe et mademoiselle d'Houllins vivaient là, simplement.

Le matin, Marthe sortait de bonne heure. La messe, presque tous les jours, à la paroisse, éloignée d'un bon quart de lieue et dont le clocher pointait dans les arbres, puis une visite à quelque ferme voisine, un coup d'œil à la valorie qu'elle dirigeait en réalité et que la tante d'Houllins semonçait seulement, l'organisation et la surveillance des cultures potagères confiées au garde-jardinier Séjourné, dit Bubusse, plus souvent encore une course à cheval ou à pied dans les chemins verts, la retenaient une partie de la matinée hors du logis, mais jamais plus tard que midi : car, au douzième coup sonnant, mademoiselle d'Houllins, droite en face de la soupe fumante, disait inexorablement le Benedicite, et si Marthe n'arrivait pas avant la fin, il y avait giboulée.

Après midi, les deux femmes travaillaient à la couture ou lisaient dans le salon, la vieille assise dans une bergère et la jeune sur un tabouret. Que de points de tapisserie ou de broderie pendant ces longues heures ! Le plus souvent, pas une trêve à cette monotonie, pas un coup d'orage qui obligeât à aller fermer les fenêtres, pas un bruit insolite autour des larges vitres lavées par la pluie d'hiver ou chauffées par les soleils d'été. Quelquefois seulement, – trop rarement à son gré, – Marthe, en relevant sa tête alourdie, apercevait, au gué du ruisseau, quelque robe d'amazone. Un éclat de rire traversait le pré : c'était une voisine à cheval qui venait faire visite. Ou bien, du côté de la cuisine, une bonne voix connue s'informait de la santé des habitants de la Cerisaie : c'était ma tante Giron qui arrivait à pied, et, avant d'entrer au salon, enlevait les épingles de sa cotte de damas, qu'elle avait relevée pour enjamber les échaliers.

Par un de ces après-midi laborieux et silencieux, le 10 septembre, un an avant l'époque où commence ce récit, Marthe avait revu, après douze ans d'absence, son jeune voisin le baron Jacques de Lucé. Elle savait qu'il était de retour de Paris depuis huit jours. Comment ne l'eût-elle pas su ? Tout le monde causait de lui. Elle savait qu'il était grand, élancé, avec une figure fine, des yeux bleus et une légère barbe blonde qu'il taillait en pointe, à la Henri IV. Elle savait encore qu'il avait été faire une visite a M. le curé, et que ces deux hommes si dissemblables, le gentilhomme frais échappé de la capitale et le plus rural des desservants, au bout d'une heure, s'étaient quittés vieux amis. On lui avait même raconté, sans qu'elle le demandât probablement, qu'il aimait la chasse et qu'on l'avait déjà vu courir dans les champs de genêts, en compagnie d'un épagneul noir et feu, qui avait le bout du museau blanc.

Elle était donc assise à sa place accoutumée, en face de la fenêtre, appliquée à coudre une frange à de grands rideaux jaunes destinés à orner la troisième chambre de réserve. – Il est à remarquer que les deux premières n'avaient servi qu'une fois. – Mademoiselle d'Houllins venait de sortir, appelée au dehors par la femme de basse-cour. Le soleil dardait en plein sur les prés ; les feuilles des arbres pendaient le long des branches, et toute la nature était endormie par la chaleur. Dans l'appartement, malgré l'épaisseur des murs, l'ardeur du jour se faisait sentir. On n'entendait que le ronron de Fragonard pelotonné sur un coussin, le bruit sec de l'aiguille perçant l'étoffe et le bourdonnement d'une guêpe qui grimpait le long des vitres. La tête de la jeune fille se penchait, à petites chutes, vers son épaule, et ses yeux se fermaient. Une somnolence mollement combattue allait l'entraîner au sommeil, et déjà le grand rideau jaune avait commencé de glisser à terre, lorsqu'un coup de fusil retentit à quelque distance de la maison.

Elle se leva, courut à la fenêtre, et ne vit rien que le soleil brûlant la campagne.

– Ma tante ne va pas être contente, pensa-t-elle, car ce coup de fusil a sûrement été tiré sur la Cerisaie. Elle qui est si jalouse de la chasse ! Et pourtant, – cette idée la fit rire, – ma tante d'Houllins ne chasse pas !

Après une minute, elle revint au milieu de l'appartement, et, avant de se rasseoir, tourna encore les yeux du côté des prés. Le sourire qui s'éteignait lentement sur son visage cessa subitement. Elle passa les mains sur ses tempes pour relever quelques folles mèches de cheveux, et demeura debout, rouge comme un œillet sauvage, absorbée dans la contemplation d'un spectacle évidemment extraordinaire.

Elle avait aperçu, en effet, se dirigeant vers le château, deux hommes, dont l'un était Bubusse, le garde, et l'autre... l'autre, il était impossible de s'y tromper...

— C'est bien cela, se dit-elle, grand, blond, barbe pointue, un costume de chasse en velours vert et le chien noir et feu...

Ils s'approchaient rapidement, et semblaient, Bubusse surtout, fort animés. Le garde tenait à la main un objet roux, qu'il agitait de temps à autre avec des gestes de fureur. Bientôt la jeune fille entendit le son de leurs voix. Évidemment il y avait querelle entre eux. Mais le jeune homme prenait la chose en riant, tandis que le garde était tragique.

— Notre voisin s'est fait prendre à la chasse, et Bubusse l'amène, pensa-t-elle.

L'émotion, la surprise, lui avaient absolument fait oublier qu'elle était seule au salon et que Bubusse, ignorant cette circonstance et croyant y trouver mademoiselle d'Houllins, allait, d'un instant à l'autre, apparaître avec sa capture. Le bruit de gros souliers ferrés battant les dalles du corridor la rappela au sentiment de là réalité. Il était trop tard pour quitter l'appartement : il n'y avait plus qu'à faire bonne contenance. Marthe se tint debout, occupée à plier le rideau jaune, près de la cheminée. Elle n'attendit pas longtemps. La porte s'ouvrit brusquement, et Bubusse entra, les deux bras tendus. Dans une main il avait sa casquette de garde, dans l'autre un énorme lièvre qu'il tenait par les oreilles.

— Monsieur est de bonne prise ! dit-il avec véhémence ; il se trouvait avec son fusil et son chien dans la pièce...

— Taisez vous, mon ami, interrompit le baron qui était entré derrière le garde, et s'avançait vers Marthe. Tout à l'heure. Laissez-moi me présenter à mademoiselle.

Et pendant que le bonhomme, confondu de cet aplomb de sa capture, se mettait au port d'armes, les deux jeunes gens se regardaient avec une curiosité un peu émue, chacun cherchant à retrouver dans l'autre les traits de l'enfant qu'il avait connu.

– Mademoiselle, continua Jacques, j'espérais avoir l'honneur de me présenter libre devant vous. J'arrive à la Cerisaie en prisonnier. Vous devinez mon crime, et vous voyez la victime entre les mains de Bubusse. Quand je l'ai tirée, j'ignorais complètement que j'étais aussi près du château, – il y a si longtemps que j'ai quitté le pays ! et j'ai été tout confus quand votre garde me l'a appris.

– Le garde de ma tante, monsieur.

– De mademoiselle d'Houllins ?

– Oui, c'est elle qui fait garder la Cerisaie. Elle vient de sortir, et ne doit pas être loin. Bubusse, allez la chercher. Veuillez donc vous asseoir, monsieur : vous devez être las, car la chaleur est grande aujourd'hui.

Elle s'assit sur le canapé rouge. Le baron prit une chaise en face d'elle. Il y eut un petit silence. Marthe le rompit la première.

– Je suis bien fâchée pour vous, monsieur, de ce contre-temps.

– Et pourquoi, mademoiselle ? Ma chasse se trouve coupée en deux très agréablement, je vous assure. Car je ne suppose pas que mon délit puisse avoir d'autre conséquence que d'avancer l'heure de ma présentation à la Cerisaie ? Mademoiselle d'Houllins voudra bien seulement excuser le négligé de ma tenue. Je ne comptais venir ici que dans deux jours.

– J'espère bien, en effet, que ma tante, dit Marthe embarrassée, je suis même persuadée…

– Est-ce que mademoiselle votre tante serait jalouse de la chasse ?

La jeune fille hocha la tête, et répondit, avec un soupir et un air grave qui firent sourire Jacques :

– Oui, monsieur !

— Et quel traitement inflige-t-elle aux voisins qui tombent dans ses mains?

— Oh ! monsieur, aucun… c'est-à-dire : vous êtes la première prise de Bubusse !

Elle se mit à rire en disant cela. Ce passage subit du grave au gai, qui dénotait tant de jeunesse et de naturel chez mademoiselle de Seigny, enchanta le baron Jacques, qui ne put s'empêcher de le montrer.

— J'espère bien alors ne pas commencer une jurisprudence, répondit-il. Nous sommes si proches voisins, vous et moi, et si j'osais, je dirais : si vieux amis ! Tenez, quand vous avez ri tout à l'heure, je vous ai revue toute petite fille, un jour qu'on cueillait des cerises à la Gerbellière.

— Vraiment ?

— Annette vous avait fait une couronne avec un brin d'osier et des cerises doubles, et vous dansiez, en riant sous l'arbre, et les cerises dansaient aussi sur vos cheveux blonds.

— Oui, oui, je me souviens, et vous êtes venu…

— Par le chemin, avec ma mère, et vous vous êtes cachée.

— C'est bien cela, dit Marthe ; voyez, monsieur, comme c'est loin déjà : j'avais presque oublié…

À ce moment, mademoiselle d'Houllins entra précipitamment, essoufflée, la face enluminée des couleurs de la course et d'une violente indignation. Le baron s'inclina. L'ombre du garde s'allongea sur les dalles par la porte entrebâillée.

— Monsieur le baron de Lucé, ma tante.

— Heureux, mademoiselle, de…

— Je sais, je sais, interrompit la vieille fille, monsieur est arrivé depuis huit jours.

— Oui, mademoiselle. Je comptais me présenter à vous dans d'autres circonstances. Je n'ai pas encore fait de visites……

– Excepté au curé et à mon gibier. Je sais, monsieur, je sais. Vous pouvez vous retirer : votre affaire suivra son cours.

– Cependant, mademoiselle…

– Il suffit, monsieur…

Jacques, voyant qu'il ne gagnerait rien à s'expliquer devant cette pie-grièche, se retira et gagna la porte. En passant près de Bubusse, il lui glissa un louis dans la main, et dit, assez haut pour être entendu :

– En souvenir de votre première prise, mon ami ! Vous voudrez bien remettre à ces dames, de ma part, le lièvre que j'ai tué sur leurs terres.

Quand il fut dehors, il se mit à rire pendant plusieurs minutes, sans pouvoir s'arrêter, de cette étrange présentation. Puis ce rire finit mélancoliquement, comme tant d'autres.

– Pauvre petite ! pensa-t-il. Il rentra à la Basse-Rivière.

L'affaire suivit son cours, comme l'avait annoncé mademoiselle d'Houllins. Jacques, traduit en justice, n'y parut même pas, et fut condamné. On en causa beaucoup dans le pays. La Cerisaie et la Basse-Rivière avaient rompu depuis lors.

Chapitre V

Quinze jours après le dîner chez ma tante Giron, vers midi, le baron Jacques était assis dans le jardin qui entoure la Basse-Rivière et tout près de la haie vive qui sépare le jardin des grandes prairies.

Il dessinait. D'après nature ? Non, de souvenir. Son crayon courait, léger et rapide, sur la page de carton blanc fixée sur un petit chevalet devant lui. Il semblait prendre plaisir à voir l'ébauche s'avancer.

Le dessin représentait un salon vaste et peu meublé : au premier plan, un jeune homme s'inclinait devant une vieille dame qui semblait fort animée et maussade ; plus loin, une jeune fille détournait un peu la tête, évidemment confuse des choses désagréables que la vieille dame disait au jeune homme ; tout au fond, un chat se frottait le long d'une chaise, et la tête d'un domestique apparaissait par la porte entre-bâillée.

La vieille dame était enlaidie avec intention : elle avait une barbe masculine, un nez pointu, des yeux de fée en colère. Son interlocuteur, élégant, souriant, incliné à la dernière mode, était sans doute flatté, d'où l'on pouvait induire que l'auteur s'était lui-même mis en scène.

Peu à peu l'ardeur de l'artiste se ralentit : il faisait chaud ; des massifs de résédas et de pétunias en fleur s'envolaient des bouffées de parfums qui portaient au sommeil ; la girouette était à l'ancre dans l'atmosphère immobile ; pas un oiseau ne chantait ; le chien noir et feu, allongé à terre, la tête sur ses pattes, faisait des rêves.

Le jeune homme se renversa sur sa chaise, admira un instant l'heureux effet de son dessin à distance, puis, satisfait, s'endormit.

Il dormait depuis une heure, quand une masse noire sauta par-dessus la haie, et le curé de Marans, la soutane retroussée, sans rabat, avec son bâton de buis à la main, se trouva debout, à trois pas du chevalet.

Le jeune homme ne s'éveilla pas. Le curé se pencha pour voir le dessin, et rit silencieusement. Il s'approcha, prit le crayon, inscrivit au bas le nom des personnages : Jacques, mademoiselle d'Houllins, mademoiselle de Seigny, Bubusse. Puis, satisfait lui aussi de son œuvre, il dit, de sa grosse voix qui faisait trembler les enfants de chœur :

— C'est tout à fait ressemblant !

Le baron, brusquement tiré du sommeil, se leva, aperçut le curé, puis le dessin avec les additions. Il se mit à rougir, comme un écolier pris en faute.

— Une pochade, dit-il.

— Dites donc un souvenir très heureusement rendu, repartit le curé en s'éloignant de deux pas et en clignant les yeux pour mieux juger. La tante surtout est supérieurement attrapée. Mademoiselle Marthe n'est pas mal non plus.

— Eh bien ! monsieur le curé, demanda Jacques à brûle-pourpoint, elle se marie ?

— Ça m'a l'air de vous être bien égal, car vous dormiez comme un loir. D'ailleurs, c'est votre affaire, et ce n'est pas la mienne. Non, elle ne se marie pas. Elle part…

— Elle quitte le pays ?

— Pas pour toujours, dit le curé, qui s'arrêta, éprouvant un malin plaisir à ne satisfaire qu'à petits coups la curiosité du jeune homme.

— Est-ce pour longtemps ? Va-t-elle loin ?

— Ni loin, ni pour longtemps.

— Si c'est un secret, vous pouvez ne pas me répondre, monsieur le curé.

– Non, non, ce n'est pas un secret, sans quoi je n'aurais pas commencé à vous en parler. Mademoiselle d'Houllins me faisait venir pour me dire que son frère, M. Onésime, est mort.

– Ce vieux grigou qui vivait en Bresse, ce pataud ?

– Il est bien mort, dit sévèrement le curé, ce n'est plus un grigou ni un pataud : c'est un chrétien pardonné. Donc il est mort. La tante d'Houllins part en Bresse, pour s'occuper des affaires de la succession.

– Et elle emmène mademoiselle Marthe ?

– Non, la jeune demoiselle va passer quinze jours à Pouancé, chez la tante d'Annette, vous savez, – non, vous ne savez pas, – l'ancienne domestique de madame Giron, qui est lingère là-bas.

– Pauvre petite, l'abandonner ainsi !

– Vous la plaignez ?

– Sans doute.

– Elle est ravie de son sort et des quinze jours de liberté qu'elle aura. Demain matin, pendant que la tante trottera sur la route d'Angers, afin de prendre la diligence de Paris...

– Je voudrais voir ce spectacle, murmura le baron : la tante d'Houllins à cheval !

– ... la nièce, continua le curé, partira pour Pouancé. Mais, assez causé comme cela. Je cours voir la mère Gisèle, qui n'est pas bien. Je voulais seulement vous dire bonjour en passant. Reprenez votre somme ou votre dessin.

Et, sans permettre au jeune homme de le reconduire, prétextant son bréviaire en retard, l'abbé Courtois repassa la haie, cette fois par le clan qui ouvrait sur la prairie, et s'éloigna à grands pas, le long de la rivière, lisant ses psaumes à haute voix.

Et de temps en temps les bouviers, entendant ce murmure, arrêtaient leur attelage de labour, et regardaient par-dessus les buissons. Lui, les saluait de la tête, et continuait sa marche à grands pas et sa lecture à haute voix.

Chapitre VI

Mademoiselle d'Houllins venait de partir à cheval pour Angers, accompagnée de Bubusse. Dans la cour de la Cerisaie stationnait un véhicule qui n'est plus guère employé pour les voyages : une charrette couverte de ses toiles tendues sur des cerceaux, attelée de quatre bœufs superbes, immobiles sous l'aiguillon du père Gerbellière. Par l'ouverture des toiles, on apercevait deux têtes de jeunes filles : l'une, mutine et vive, c'était Marthe ; l'autre pâle et souriante, mais d'un sourire voilé, c'était Annette. La cuisinière de mademoiselle d'Houllins et la mère Gerbellière trottinaient, affairées, de la maison à la voiture.

– Vous avez oublié votre châle, mademoiselle Marthe. Mademoiselle qui a tant recommandé que vous l'emportiez !

– Donne moi aussi la petite caisse de confitures, répondait la jeune fille, et le panier de raisin, dans l'office.

– Tu as bien ta caisse de coiffes, Annette ?

– Oui, maman, au fond, avec le gros coffre. Et les petits paquets s'ajoutaient aux gros, à l'arrière de la charrette. Un gars de ferme, qui avait été soldat, les arrimait avec une ficelle. Il y en avait beaucoup, qui s'élevaient en pyramide jusqu'à toucher la voûte : bagages d'Annette, bagages de Marthe et aussi des commissions dont les gens du bourg et des métairies voisines avaient chargé les voyageuses pour leurs parents ou leurs amis de Pouancé. Ce départ était une occasion précieuse. Chacun en avait profité. Il y avait sous la bâche une oie et trois poulets, un sac de grains de semence, une pièce de toile filée à la main, cadeau d'une marraine du bourg à son filleul de Pouancé, plusieurs mannequins de fruits, sans compter une couple de ramiers que Sosthène Luneau, qui était un peu braconnier aux heures où la tauperie chômait, avait offerte à Annette, soi-disant pour sa tante et en réalité pour elle-même. Une douzaine de personnes entouraient la charrette, et quand le père Gerbellière, assis sur le timon, sept heures sonnant au bourg de Veru, cria, pour faire partir ses bœufs :

« Caillard, Rougeaud, Mortagne et Cholet ! » de tous côtés partirent des :

« Au revoir, mademoiselle Marthe !

– Au revoir, Annette !

– N'oubliez pas mes commissions pour la tante Francine !

– Veillez sur mon oie !

– Ne manquez pas de vous arrêter à la Tête noire, père Gerbellière, pour donner de nos nouvelles !

– Bon voyage !

– Adieu ! »

L'attelage s'ébranla, la charrette, criant sur ses essieux, s'engagea dans le chemin couvert. Marthe était radieuse de partir, et cette joie paraissait dans ses yeux, sur ses joues plus roses que de coutume : car la mort de son oncle d'Houllins, qu'elle n'avait jamais vu qu'une fois, ne pouvait être pour elle une cause de deuil intime. Elle occupait avec Annette l'espace resté libre entre le siège du conducteur et les bagages entassés à l'arrière de la charrette. Mademoiselle d'Houllins y avait fait mettre deux chaises pour les voyageuses. Mais Marthe ne restait point assise. Elle allait et venait dans les quatre pas de longueur de cette chambre ambulante, mettait la tête à la fenêtre ronde que formait la bâche à l'avant, disait un mot au père Gerbellière, remettait en place un panier que les cahots avaient déplacé, et riait du roulis continuel qui balançait la charrette, dont à chaque instant une roue plongeait dans l'ornière, tandis que l'autre était soulevée par une saillie pierreuse du chemin. Annette, au contraire, grave, un peu triste, songeait, les deux mains appuyées sur les genoux. De temps à autre elle soulevait le côté de la bâche, et cherchait à voir, dès que la route montait, une petite fumée bleue s'élevant parmi les arbres : la fumée de la Gerbellière. Annette était une de ces filles de campagne, maladives, pâles et minces, qui sont peu faites pour les travaux des champs, et qui, d'ordinaire, apprennent de bonne heure un état d'ouvrière. Elle avait aidé sa mère tant que sa sœur Marie avait été jeune, dans les soins de la ferme, trait les vaches, coupé le vesceau, soigné la basse-cour, pétri le pain de la famille et fait sa part dans les rudes journées de la moisson. Mais, sa sœur grandissant, elle avait obtenu d'entrer en apprentissage chez maîtresse Guimier, une des lingères du bourg. Depuis plus d'un an elle courait les fermes de la paroisse, debout dès cinq heures, ne revenant qu'à la nuit, ne gagnant guère, la pauvre enfant, que le dîner et le souper qu'elle prenait dans les métairies, assise tout au bout de la table, auprès des métiviers, selon l'usage et selon l'ordre immémorial. Elle était devenue fort adroite dans son métier : nulle ne s'entendait mieux qu'elle à empeser un col de grosse toile ou à plisser la dentelle fine d'un bonnet de fête. Elle cousait aussi fort bien, et savait plus d'un secret du tricot. Maîtresse Guimier lui avait donc dit, un soir, comme elles s'en revenaient de la closerie de Chanteloup :

— Si tu veux me rester comme ouvrière, la petite, je te donnerai cinq sous par jour avec la nourriture.

Annette avait secoué la tête.

— C'est pourtant avantageux ce que je t'offre là, et je ne l'ai point offert à toutes mes apprenties : il s'en faut. Tu sais que je suis la maîtresse lingère la plus occupée du bourg. Avec moi, tu es sûre de ne jamais manquer de travail.

Annette avait continué de secouer la tête.

— Eh bien ! je te donnerai sept sous par jour. Tu ne le diras à personne, au moins. C'est convenu ?

— Non, maîtresse Guimier, je vous remercie : il faut que je vous quitte.

La lingère, très dépitée de perdre une aussi bonne ouvrière et redoutant une concurrence prochaine, avait parlé au curé, en lui demandant d'intervenir pour mettre à la raison cette jeune ambitieuse. Maîtresse Guimier avait été extrêmement étonnée d'entendre le curé lui répondre, d'un air très sérieux, qu'il ne prenait point sans sérieuse raison :

— Il ne faut pas la tourmenter davantage maîtresse Guimier : faites vos affaires, et laissez-la aux siennes.

Depuis lors, Annette passait parmi les commères du bourg, pour une personne qui cachait son jeu, une fille qui « avait des idées ».

Elle avait une idée, en effet, c'était de quitter la paroisse et d'aller à Pouancé, un gros bourg, presque une ville, afin de s'y perfectionner dans son métier, sous la direction de sa tante Francine, lingère de renom. Ce voyage elle l'avait longuement désiré ; le père s'était fait longtemps prier avant de donner son consentement, et pourtant elle partait triste.

Après avoir fait vingt tours dans sa cage, l'oiseau s'était posé, Marthe s'était assise.

— C'est drôle les mauvais chemins, dit-elle.

— Vous trouvez, mademoiselle ? répondit Annette.

— Mais oui, je me figure être sur la mer. La voile blanche, c'est la bâche ; les hauts et les bas du chemin sont les vagues; et ton père est le timonier. Je voudrais un naufrage.

— Pas moi, mademoiselle. Voilà qu'il est sept heures et demie. Nous ne serons pas avant dix heures à Segré. Le temps de nous rendre à Pouancé, il sera nuit quand nous arriverons chez ma tante. Jugez ce que ce serait si nous étions retardés par un accident.

— Cette bonne Francine, je suis heureuse de la revoir. Elle va me prendre encore pour une enfant et me gâter comme elle le faisait chez madame Giron.

— Bien sûr, mademoiselle, tout ce qu'il y aura de bon dans la maison sera pour vous. Elle et mes deux cousines vont être à nous guetter depuis midi, je pense.

— Elles sont gentilles comme toi, tes cousines et ta tante, ma chère Annette. Dis-moi : sais-tu si nos chambres seront voisines ?

— Certainement, mademoiselle, ma tante n'en a qu'une à donner, qui touche à celle où je coucherai avec mes cousines.

— Au moins elle est quelquefois occupée, celle-là. Ma tante à moi en a trois meublées où personne ne vient jamais. Alors, demain matin, Annette, que ferons-nous ?

— J'irai à la messe au couvent.

— Il y a un couvent à Pouancé ?

— Oui, avec une jolie chapelle.

— C'est une ville, et une grande ! J'irai avec toi. Tiens, voilà la maison du charron. Nous sommes à Marans.

Les voyageuses s'arrêtèrent à peine : le temps seulement pour le père Gerbellière de boire une chopine de vin blanc et d'ajouter aux bagages deux ou trois paquets que des femmes vinrent lui remettre.

Au delà du bourg, le chemin devenait plus étroit encore et plus mauvais. Les cahots étaient formidables ; Caillard, Rougeaud, Mortagne et Cholet soufflaient, et tiraient à rompre le timon pour arracher la charrette à la boue épaisse des ornières.

Près de la Croix-Hodée, au carrefour, il y avait une mare large et longue. Le père Gerbellière laissa reposer son attelage avant de s'engager dans ce mollet. Les bœufs, ne sentant plus l'aiguillon, levèrent leurs naseaux fumants vers les haies, et commencèrent à prendre un picotin de chèvrefeuille, tandis que le métayer, pour la première fois, se retournait, et passait la tête par l'ouverture de la bâche.

— Eh bien ! les demoiselles, dit-il, voilà un mauvais pas.

— Vous en avez traversé d'autres, métayer, dit Marthe.

— Pas beaucoup d'aussi mauvais, notre demoiselle. L'eau qui a tombé ces jours, par les vents de galerne, a bien gâté le chemin. Allons quand même !

Il lança une note aiguë : houp ! et les bœufs, arrachant une dernière pousse aux haies, enfoncèrent leurs pieds fourchus dans la mare. Les roues entrèrent presque jusqu'au moyeu, firent trois tours, puis demeurèrent immobiles. Le vieux Gerbellière, debout sur le timon, comme le Neptune antique guidant ses chevaux marins, cria, piqua, fit claquer son fouet, les animaux s'écartèrent, piétinèrent sur le bord des talus, mais n'avancèrent pas d'un pouce : la charrette était enlisée, à quelques mètres seulement de l'autre bord de la mare.

— Moi qui demandais une aventure, dit Marthe en riant, en voilà une.

Ni Annette ni le père Gerbellière ne riaient. Ce dernier, appuyé sur son aiguillon, songea un instant, puis il dit :

— Faut trouver de l'aide. La Basse-Rivière n'est pas loin, j'y vas. Toi, la fille, garde les bêtes, pour qu'elles ne boivent pas trop. C'est mauvais pour elles, la canetille d'eau.

Il avait saisi les branches d'une souche, et allait, d'une enjambée de ses longues jambes, passer de la charrette sur le talus du chemin quand, à cent mètres devant, apparut, arrivant au petit galop de son cheval, le baron de Lucé. Le jeune homme, au moment de tourner par un sentier à sa droite, aperçut la voiture en détresse.

— Eh ! le métayer, vous baignez vos bœufs ?

— Nenni, monsieur Jacques, nous sommes enlisés.

— Tiens, c'est vous, Gerbellière ? Tout va bien chez vous ?

— Oui, monsieur Jacques ; mais c'est ici que ça ne va pas bien. J'ai là deux jeunesses…

— Qui voudraient bien ne pas rester dans cette mare, ajouta, du fond de la bâche, une petite voix que le baron connaissait.

— Comment ! mademoiselle de Seigny dans cette voiture ?

— Moi-même, mon voisin, répondit la jeune fille en paraissant. Nous sommes partis il y a une heure pour aller à Pouancé, et nous voilà déjà arrêtés.

— Pas pour longtemps, notre demoiselle, interrompit le père Gerbellière. N'est-ce pas, monsieur Jacques, qu'on ne nous refusera pas une jument de renfort à la Basse-Rivière ? Ça suffira pour nous tirer de là.

– Restez, restez, Gerbellière, ce n'est pas la peine d'aller si loin. Attendez-moi.

Il fit volter son cheval, rebroussa chemin pendant quelques mètres, et s'arrêta face à la haie de droite, assez basse en cet endroit. Un coup d'éperon : le cheval s'enleva presque debout, et sauta dans le champ.

– Oh ! mon Dieu ! s'écria mademoiselle de Seigny, il va se tuer.

Un instant après, cheval et cavalier repassaient de la même manière du champ dans le chemin. Le baron Jacques portait suspendu au bras un de ces colliers de trait à crinière de laine bleue qui servent aux chevaux de labour.

– Voici l'instrument de sauvetage, dit-il en s'approchant de la charrette.

– Quelle imprudence vous avez faite, monsieur ! dit Marthe ; le chemin est si étroit pour sauter : je vous ai cru mort.

– Vous voyez bien que non, mademoiselle. D'ailleurs, l'occasion était bonne, et je n'aurais rien regretté, ajouta-t-il en s'inclinant.

Il y avait sûrement quelque chose de risible dans cette galanterie, débitée par un jeune homme ayant au bras un collier de labour, à une jeune fille montée sur une charrette à bœufs, au milieu d'une mare de boue. Mais elle ne trouva rien de risible, bien au contraire, dans la réponse du baron, et, regardant au fond de la voiture :

– Il est aimable, Annette, ce jeune homme. Ma tante d'Houllins le juge mal. Elle ne le connaît pas.

Marthe se retourna.

– Que faites-vous, monsieur ? Vous allez…

– Eh bien ! oui, mademoiselle, ce sera plus tôt fait. Cab tire aussi bien que la grosse Julie de mon fermier.

Il était descendu, avait passé le collier de labour au cou de son pur sang, stupéfait et sans doute indigné de ce traitement, était remonté en selle, et, les deux traits dans la main droite, faisait, de la gauche, entrer son cheval à reculons dans la mare. La noble bête, sentant le sol manquer sous ses pieds, cherchait à se dérober. Mais habilement et fortement maintenue, elle fut contrainte de reculer jusqu'auprès des premiers bœufs de l'attelage. Alors, se détournant sur sa selle, le jeune homme accrocha les deux traits à la boucle de fer qui terminait le timon, et dit :

— Y êtes-vous Gerbellière ?

— Oui, monsieur Jacques.

Un concert d'apostrophes s'éleva dans l'air.

— En avant ! cria le jeune homme.

— Rougeaud, Caillard, hou, hou ! Mortagne et Cholet, les valets, hou, hou ! répondit le père Gerbellière, enfonçant son aiguillon dans le cuir fauve de ses animaux.

Le pur sang bondit, les bœufs, baissant la tête jusqu'au niveau de l'eau, raidirent leurs jarrets dans un effort colossal. La charrette, ébranlée, pencha à droite, à gauche, avança un peu, s'enfonça de nouveau comme un navire qui sombre, puis, arrachée à la boue, remonta au grand pas la pente verte du chemin.

Quand on fut en terrain plat, on s'arrêta, et le vieux métayer alla s'assurer que les courroies des jougs n'avaient pas cédé, tandis que le baron, mettant pied à terre, débarrassait Cab de son collier de labour. Marthe le regarda. Dans quel état, grand Dieu étaient cheval et cavalier ! De l'élégant costume du jeune homme la mare n'avait rien épargné : les bottes vernies et la culotte de peau de daim étaient revêtues d'un enduit brun, semé de plaques de canetille verte ; la selle ruisselait ; l'habit bleu était maculé de taches ; Cab avait les jambes et la moitié du corps couleur chocolat. Et ce n'était point, hélas ! tout le dommage. Au premier pas qu'il lui fit faire, Jacques s'aperçut que son cheval boitait très bas. Ce fut une vraie douleur. Cab si joli, si bien habitué aux goûts de son maître, Cab boiteux, pour toujours sans doute !

Le jeune homme chercha à dissimuler la vive contrariété qu'il éprouvait, et dit gaiement :

— Vous voilà tirée d'une bien mauvaise fondrière, mademoiselle.

Mais la jeune fille avait remarqué l'allure irrégulière du cheval et, si vite qu'il eût été réprimé, le mouvement de dépit du jeune homme. Elle sauta sur l'herbe, et vint à lui.

– Ah ! monsieur, dit-elle, cette jolie bête s'est donné un effort. Quel malheur !

– C'est la première fois que nous opérons un sauvetage, Cab et moi. Une autre fois nous ferons mieux.

– Je ne me pardonnerai jamais de vous l'avoir laissé atteler.

– Ne regrettez rien, mademoiselle, car, ce que j'ai été heureux de faire pour vous, je l'aurais fait pour Gerbellière, qui est un de mes vieux amis.

– Voilà qui est parlé, répondit Marthe, en regardant le jeune homme avec une expression de fierté naïve ; exposer Cab pour tirer d'un mauvais pas sa voisine, c'est d'un galant homme, mais l'exposer pour un métayer, c'est d'un homme de cœur : mon père aurait fait comme vous, monsieur !

Elle tendit sa main gantée au jeune homme.

– Je raconterai cette petite aventure à ma tante, ajouta-t-elle plus bas. Elle s'est montrée un peu… vive à votre égard. Mais elle est très bonne, et sera certainement très reconnaissante du service que vous avez rendu à sa nièce.

Marthe remonta dans la charrette. Le baron de Lucé s'inclina, et, tirant par la bride son pauvre cheval qui n'allait que sur trois jambes, prit un sentier qui conduisait à la Basse-Rivière.

Deux heures après, il rencontrait ma tante Giron, et lui racontait les événements de la journée.

– Elle est fort bien cette jeune fille, comme vous m'avez fait l'honneur de me l'apprendre, madame Giron, mais je n'ai pas de chance dans mes entrevues avec elle : la première m'a coulé un procès, la seconde un cheval pur sang.

– Il faut continuer, monsieur Jacques, répondit ma tante Giron, et si le bonheur ne vous coûte pas davantage, c'est que vous serez né coiffé.

Chapitre VII

Le voyage d'Annette et de Marthe s'acheva sans nouvel incident. À dix heures elles montaient, au pas traînant des bœufs, la petite côte de l'Oudon, et entraient à Segré.

On y laissa la charrette, car la route était carrossable de Segré à Pouancé, et mademoiselle d'Houllins, huit jours d'avance, avait retenu, pour cette seconde partie du trajet, une berline et deux postiers avec leur postillon. L'arrêt fut un peu long, par la faute du père Gerbellière, qui était allé « faire un tour dans la ville » avec l'intention, dissimulée sous cette vague formule, de renouveler connaissance avec tous les amis qu'il y comptait, et de leur apprendre qu'il se rendait chez sa sœur Francine.

On repartit donc un peu tard, et la nuit commençait à tomber quand la berline approcha de Pouancé, le bourg le plus arrosé de l'Anjou, pour qui les Grecs, s'ils l'avaient connu, eussent tiré de l'écrin quelque bel adjectif signifiant : « où l'eau abonde ». Des collines sans noms qui l'avoisinent, que de sources descendent qui ont de jolis noms : la Ceriselaie, les Soucis, les Écrevisses, ou encore les Senonnettes et la Boire d'Anjou, affluent du Sémelon, sans parler de l'Araize et de la Verzée, de vraies rivières, qui sont reines dans ce peuple de ruisselets. Comme tout cela chante dans les prés, et comme les prés sont verts !

La berline s'arrêta tout au commencement du bourg, et tandis que le postillon, aidé de Gerbellière, dételait les chevaux et déchargeait les bagages, les deux jeunes filles prirent les devants, et montèrent chez Francine.

À droite et à gauche des rues sombres, les résines s'allumaient dans les arrière-boutiques, mettant une lueur tremblante aux fenêtres des maisons. Annette, qui était venue une fois voir sa marraine, se souvenait vaguement de la route.

— Par ici, je crois bien, disait-elle ; par là, m'est avis ; à droite, à présent.

Avec deux ou trois renseignements demandés aux passants, la petite paysanne arriva droit au but.

Chez la marraine, il y avait huit jours qu'on travaillait plusieurs heures après la journée faite pour bien recevoir « mademoiselle Marthe » ; Francine et ses deux filles s'étaient torturé l'esprit pour deviner les goûts de la jeune châtelaine. Jamais on n'aurait de linge assez blanc ni assez fin ; jamais on ne pourrait trouver chez les voisines de confitures assez bonnes, ni chez le boulanger de tourtes assez dorées pour cette hôtesse dont l'arrivée mettait en révolution le paisible logis de la maîtresse lingère. Non certes, depuis dix ans qu'elle était établie sur la paroisse de la Madeleine de Pouancé, jamais la grosse Francine n'avait eu dans une même semaine tant de projets, si peu de sommeil, tant d'impatience mêlée à tant d'appréhension.

Elle était debout, sur le seuil de sa porte dont elle occupait la largeur, ses deux filles, attentives au moindre bruit, se tenaient derrière elle, quand Annette et Marthe, glissant dans l'ombre, apparurent tout à coup près du logis. Maîtresse Francine sauta plutôt qu'elle ne descendit les deux marches en saillie devant sa maison, et serra les deux voyageuses toutes deux à la fois dans ses bras.

— Ah ! mon Annette, ah ! mademoiselle Marthe, quel bonheur ! Entrez donc ! Venir de si loin ! Vous êtes fatiguée, mademoiselle ? Et mon frère ? Ne craignez rien : nous allons vous soigner de notre mieux ; ce n'est pas grand'chose, mais nous vous l'offrons de bon cœur.

Puis ce fut le tour des filles de Francine d'embrasser leurs hôtesses, de questionner et de s'excuser.

Pendant ce temps, Francine contemplait Marthe de Seigny et de grosses larmes lui venaient aux yeux. Dans son esprit, soudain rempli de souvenirs, le vous et le tu s'embrouillaient. Elle reprenait :

– Comme elle a grandi ! Je crois voir sa mère, madame Geneviève, c'est son vrai portrait ! Ah ! mademoiselle Marthe, quand vous étiez petite, et que vous veniez voir madame Giron, vous retiriez du feu les pommes cuites du dîner, et vous vous sauviez les manger dans le jardin, et madame Giron riait. Va, si tu aimes encore les pommes cuites, ma mignonne, on t'en fera !

– Mais oui, je les aime toujours, répondait Marthe, qui avait saisi un mot du monologue de Francine, entre deux questions de ses filles.

– Voici l'escalier de votre chambre, disait Micheline.

– Et de la millière qui chauffe pour ce soir, disait Jeannie.

– C'est dans deux jours la grande foire à Pouancé, disait Micheline.

– Demain vous irez, si vous voulez, à la messe chez les sœurs, disait Jeannie. Il y a une novice qui est de nos amies. Elle chante si bien ! Elle a vingt ans !

– Votre âge, mademoiselle, répliquait Annette.

– Mes bonnes amies, interrompait Marthe, j'irai partout où vous voudrez, je me trouverai bien partout avec vous, je suis tout heureuse d'être venue, seulement vous êtes quatre pour me parler, et je ne suis qu'une pour vous répondre. Montons dans ma chambre, voulez-vous?

– C'est cela, dirent les filles de Francine. Elles laissèrent monter devant elles les deux voyageuses, et dans l'ombre de l'escalier, elles se faisaient des signes d'intelligence, les deux pauvres ouvrières, se réjouissant déjà des surprises de la petite châtelaine. Elles avaient tant travaillé, tant cousu, tant dépensé d'argent et de soins pour préparer la chambre de « mademoiselle » ! Rien n'avait été épargné : des rideaux blancs aux fenêtres, des rideaux bleus au lit, une taie d'oreiller dont Micheline, fine brodeuse, avait composé le chiffre, un verre d'eau qu'elles avaient payé un prix exorbitant et que la marchande leur avait dit venir « de Paris », deux vases de faïence peinte portant des bouquets de reines marguerites et, pour milieu de cheminée, un paludier du bourg de Batz en coquillages, acheté à un colporteur de Guérande, de passage dans le Craonnais.

Marthe déclara que la chambre était ravissante, qu'elle n'en avait point de si belle, ni de si fraîche, et les deux jeunes filles, rouges de joie, le crurent tout en faisant des signes d'incrédulité.

Après avoir admiré l'ensemble, il fallut admirer le détail. Cela prit quelque temps encore. Le père Gerbellière arriva sur ces entrefaites. Sa voix sonna dans la cuisine :

– La millière va brûler, notre demoiselle !

– Tout de suite, père Gerbellière, le temps de voir le marié du bourg de Batz.

– Ça parle toujours de mariés, ces jeunesses, dit le père Gerbellière, qui ne comprit pas. Le bourg de Batz... attend donc... Il me semble que j'ai connu un homme qui était des environs. Pas vrai, Francine ?

Il y avait huit ans que ce frère et cette sœur ne s'étaient vus, et ces deux cœurs simples, cinq minutes après leur réunion, cherchaient tranquillement ensemble quel était l'homme des environs du bourg de Batz que le père Gerbellière avait connu.

Marthe et les autres jeunes filles descendirent. La table était servie. Tous les convives, sauf Annette, firent honneur au dîner de Francine.

Quand on se sépara, la nuit était toute noire. Il fut convenu que le lendemain matin les filles de Francine iraient à leur journée, le père Gerbellière chez son ami le métayer du Griault, Marthe et Annette à la messe du couvent.

Il faisait grand jour, les rues étaient pleines de passants, quand le lendemain Annette sortit de chez Francine avec mademoiselle de Seigny. Elles suivirent quelque temps les rues étroites, et arrivèrent près du couvent. La cloche sonnait l'office.

Elles hâtèrent le pas, et pénétrèrent dans la chapelle au moment où les religieuses, en habits de chœur blancs, prenaient leurs places derrière la grille. Leurs files silencieuses entraient par les deux portes latérales du chœur, s'avançaient l'une vers l'autre jusqu'au bas de l'autel, s'inclinaient, se croisaient sans se confondre, et remplirent bientôt les stalles. L'office commença. Le chant des sœurs s'éleva sous la voûte, grave et doux, et l'on sentait au rythme que chaque parole de ce chant était pensée par trente âmes à la fois. Surtout quand à la fin d'un verset, elles disaient : Alléluia ! c'était un sentiment de joie profonde qu'elles exprimaient ainsi, un aveu de paix, d'harmonie fraternelle et la reconnaissance d'êtres frêles ayant trouvé l'abri.

Marthe et Annette écoutaient ; celle-ci courbée sur son prie-Dieu, tout absorbée. Tout à coup, le chœur se tut, et une religieuse chanta seule. Annette releva la tête, et, se penchant vers sa voisine :

– C'est l'amie de Jaqueline, c'est la novice, dit-elle.

Il y a dans le monde des voix pures, celle-là était innocente. Elle pénétrait comme un parfum. Sans apprêt, sans autre art que l'intelligence du texte sacré et l'émotion qui l'animait, elle produisait une impression plus forte que celle que la science la plus consommée peut donner à la voix humaine de produire. Elle faisait penser aux anges qui, sans cesse inondés de délices et de visions sublimes, répètent sans effort, harpes touchées par Dieu même, les harmonies qu'ils contemplent et qu'ils goûtent. Et quand on reportait les yeux vers cette enfant debout, dans sa robe blanche, ses beaux yeux levés, pleins de joie et de clartés, l'illusion ne tombait pas.

Celle qui chantait ainsi avait été élevée au couvent. Dès l'enfance, elle s'était décidée pour le chemin parfait. Sans cesse en prière, sans cesse occupée des choses divines, quoi d'étonnant qu'elle eût quelque chose de divin dans la voix ?

Quelle rare et douce rencontre que celle de ces âmes qui ne savent rien du monde, et n'ont de fenêtre ouverte que sur le ciel ! Rien n'est fané en elles de la fleur de la vie. En l'offrant à Dieu, elles l'ont faite immortelle. Elles ont sacrifié toutes les illusions, elles n'en ont pas perdu. Jeunes, elles sont comme vénérables ; pleines d'âge, elles restent jeunes. On voudrait les connaître, on n'ose approcher. En se penchant sur ces fontaines si pures, on craindrait de les rider. On se trouve indigne, et l'on passe en courbant le front, gardant toutefois au cœur l'impression d'une merveille exquise, trop précieuse pour être vue, et qu'il est permis seulement d'entrevoir.

Annette s'était de nouveau courbée. Sa figure exprimait un ravissement profond, et de ses yeux à moitié fermés des larmes s'échappaient, abondantes, sans qu'elle y prît garde. Elle resta ainsi, sans faire un mouvement, longtemps après que la novice eut cessé de chanter. Marthe s'apercevait du trouble extraordinaire de sa compagne, et s'étonnait qu'une fille, d'ordinaire si réservée, s'abandonnât ainsi. Plusieurs fois, elle crut remarquer qu'une des religieuses les plus rapprochées de la grille regardait cette enfant prosternée dans l'église.

Bientôt les sœurs, en files silencieuses, comme elles étaient venues, quittèrent le chœur. Marthe vit alors distinctement l'une d'elles, qui sortait la dernière, faire un signe de tête à la jeune paysanne. Annette, qui semblait attendre ce signe, y répondit par un sourire de joie indéfinissable.

Quelques minutes après, les deux jeunes filles sortirent de la chapelle. Annette était déjà redevenue la fille timide et un peu contrainte qu'elle était d'habitude, et, droite dans ses vêtements bien tirés, les yeux demi-baissés, elle reprit le chemin du bourg ; mais l'esprit restait troublé et comme étourdi du bonheur qui l'avait frappé. Pendant longtemps elle oublia de parler à Marthe, ou ne le put pas.

Tout à coup, en rentrant dans une rue populeuse, le bruit et le contact de la foule la firent tressaillir.

Elle tourna vers sa compagne ses yeux noirs si purs, encore humides.

— Mademoiselle Marthe, dit-elle, vous voyez que je suis bien heureuse. Ne le dites pas.

Et elle ajouta, un peu plus bas :

— Surtout à mon père.

Marthe avait compris, sans doute, car elle répondit :

— Je te le promets, mignonne.

Et quand elles furent rentrées chez Francine, les deux jeunes filles causèrent longtemps seules.

Chapitre VIII

Deux semaines passèrent vite, et Marthe revint à la Cerisaie.

Mademoiselle d'Houllins manifesta de la joie de revoir sa nièce. Ce qu'elle avait de cœur s'émut, et elle tendit à moitié les bras, quand un soir, debout sur le seuil de la maison, elle vit accourir la jeune fille.

Elle reprit bien vite d'ailleurs son air pincé, ses phrases désagréables, ses habitudes tracassières. Seulement Marthe observa qu'elle devenait presque généreuse.

Quand le taupier Sosthène Luneau vint se faire payer de la rente de dix boisseaux de blé, qu'on lui devait chaque année pour avoir exercé son art dans les terres du domaine, elle lui donna un boisseau en sus et un verre de vin blanc, en lui disant :

— Si tu travailles bien mes prés bas, tu en auras autant l'an prochain.

Plusieurs fois aussi elle fit remettre un sou à chacun des pauvres qui, le samedi, venaient en procession tendre la main à la porte, gens des paroisses voisines en général, qui vont quêter de village en village, le lundi à Candé, le mardi à Vern, le mercredi au Lion-D'angers, le jeudi à Andigné, le vendredi à Segré, le samedi à Chazé et à Marans. Depuis qu'elle habitait la Cerisaie, mademoiselle d'Houllins n'avait jamais donné plus de deux liards dans ses distributions. Elle était taxée à ce chiffre dans l'actif des budgets de la troupe mendiante. Quand on sut qu'elle donnait quelquefois un sou, la procession du samedi devint plus nombreuse. Un jour enfin, Marthe entendit sa tante se plaindre de la longueur du mauvais sentier qui conduisait à Marans et dire : « Je devrais bien faire faire une allée sablée à travers les prés, pour rejoindre la route au delà du carrefour du Tremble. Ce serait plus sec et plus court. »

Elle ne fit pas l'allée, mais c'était beaucoup d'en avoir parlé.

De tels symptômes Marthe avait conclu que mademoiselle d'Houllins avait hérité quelque fortune de son frère. Elle en acquit la certitude un mois environ après son retour à la Cerisaie.

Le facteur dont l'apparition, rare dans cette campagne reculée, était un événement, se montra, son bâton à la main, à la barrière du pré. La fille de basse-cour, qui mesurait du menu grain dans le grenier, l'aperçut la première par la lucarne ouverte, et cria :

— Mademoiselle, c'est le facteur !

— Eh bien ! laisse-le venir, répondit la voix aigre de mademoiselle d'Houllins, et va panser tes poules au lieu de regarder par la fenêtre.

Mademoiselle d'Houllins manifesta néanmoins une certaine impatience en attendant l'arrivée du bonhomme, et mit ses lunettes dix minutes à l'avance.

Quand le facteur entra dans le corridor, en faisant sonner les dalles sous son bâton ferré, elle alla vivement à sa rencontre, et rapporta dans le salon un gros pli scellé de plusieurs cachets. Elle l'ouvrit avec une certaine solennité. Marthe, qui l'observait, la vit étudier avec une satisfaction croissante un gros cahier d'écritures qui se terminait par un paraphe magistral : évidemment celui d'un homme d'affaires. Quand mademoiselle d'Houllins eut terminé sa lecture, elle dit à mi-voix, en remettant le cahier dans l'enveloppe et comme se parlant à elle-même :

— Les subsistances militaires rapportaient décidément plus que je ne pensais.

Ce fut tout ce que mademoiselle de Seigny connut de la fortune de son oncle, tout entière léguée à mademoiselle d'Houllins. Que lui importait ? Elle avait plus que de l'insouciance à l'endroit de la fortune: elle ignorait ce que c'était.

Son cœur n'était pas là. Plus jeune que celui de mademoiselle d'Houllins, il ne battait pas pour une pièce d'or. Elle préférait à la lecture des actes notariés quelque course matinale, sur sa jument grise, à travers les prés. Ces échappées lui plaisaient plus encore depuis quelques mois, elle les faisait plus longues. Une pointe de rêverie s'y mêlait. Sans qu'elle s'en rendît clairement compte ses pensées prenaient souvent la route de la Basse-Rivière. Volontiers elle entendait parler de son jeune voisin. Il est vrai que, pour entendre parler de lui, elle n'avait qu'à écouter. Je ne sais quelle conspiration générale, que personne n'avait ourdie et où tout le monde était entré, la renseignait minutieusement. Par le curé, par les lingères qui venaient en journée à la Gerbellière ou à la Cerisaie en sortant d'une ferme du baron Jacques, par le taupier qui apprenait tout sans interroger personne, en flânant le long des voyettes, elle savait s'il avait reçu un ami en déplacement de chasse, s'il était retourné à la Cilière, chez le marquis dont la fille avait vingt ans aussi, elle savait même que son cidre était le plus mousseux du pays car le facteur avait pu comparer, et que Cab, le pauvre alezan, boitait toujours. Elle savait cent choses encore, mais ce qui lui plaisait surtout, c'était de recevoir de tous côtés le témoignage et de constater par elle-même que le baron Jacques, depuis si peu de temps qu'il résidait dans la terre des Lucé, avait déjà conquis la place qu'y avaient tenue ses aïeux, conseillers, protecteurs et amis des petites gens. Elle en éprouvait un sentiment voisin de la fierté, et comparait en elle-même cette popularité naissante avec celle dont M. de Seigny, lui aussi, et pour les mêmes raisons, avait été promptement l'objet. Ce rapprochement, qui associait le jeune homme aux plus chers souvenirs de mademoiselle de Seigny, était sans doute pour quelque chose dans le petit battement de cœur qu'elle éprouvait, presque chaque dimanche, à la sortie de la grand'messe, quand le baron Jacques, se détachant d'un groupe de métayers qui l'entouraient comme un homme utile et aimé auquel il est bon de demander avis, la saluait au passage. Il y mettait tant de bonne grâce qu'elle en était touchée, et tant de constance, malgré la maussaderie de mademoiselle d'Houllins, qu'elle n'avait pu s'empêcher, une fois ou deux, de le remercier d'un sourire ou d'un regard. Était-ce trop vraiment, et ne devait-elle pas être aimable pour deux ? De la sorte, et petit à petit, il avait pris dans sa vie une place dont elle ignorait l'importance, ne l'ayant pas donnée, mais l'ayant laissé prendre.

Elle put la mesurer un jour, le jour où elle porta pour la première fois, le joli chapeau bleu et noir, à esprit, qu'elle avait fait venir de Paris, un peu, beaucoup même pour lui.

Un chapeau à esprit ? oui, cela s'appelait ainsi.

Marthe recevait un journal de modes, alors très en faveur, l'Album. Elle y avait lu cet avis alléchant, écrit dans le style pomponné de l'époque :

« Les esprits ont décidément la vogue. Je ne parle pas de ces êtres célestes qui, gracieux agents des muses, inspirent leurs favoris, les Casimir Delavigne, les Viennet, les Ancelot et toute la troupe immortelle dont le palais s'élève au bout du pont du Louvre. Je parle d'une touffe de plumes effilées, blanches ou noires, que les modistes plantent au milieu de marabouts ou d'ondoyantes plumes d'autruche, sur les toques et les chapeaux nouveaux. À la cour, quelques dames placent un esprit jusque dans leurs cheveux. Je sais bien que quelques-uns de ces plaisants, dont l'espèce est assez commune, feront, sur le goût de nos belles, un méchant quolibet ; moi, je dirai la vraie cause du succès d'une telle mode : nos hussards, nos lanciers, et avant eux nos maréchaux, portent des esprits sur leurs têtes guerrières, et nos dames, dont le cœur est tout français, aiment à ressembler, par quelque endroit, à nos héros. »

Marthe avait trouvé cela très joli : elle rêvait d'un esprit.

Le même journal de modes donnait l'adresse du fabricant. L'esprit venait de chez « l'inimitable Zacharie, 93, rue de Richelieu. » Elle avait donc, avec un soupir, montré la gravure à mademoiselle d'Houllins, et la vieille demoiselle, qui s'humanisait décidément, avait commandé à « l'inimitable Zacharie » un toquet nouveau pour une jeune blonde de vingt ans.

Le toquet était arrivé un samedi à la Cerisaie, et dès le lendemain l'esprit et les plumes ployaient au vent, sur la route du Marans, blanche de givre et pleine de monde. Les cloches sonnaient pour l'Épiphanie ; on entendait toutes celles des paroisses voisines, car le ciel bas renvoyait leurs volées, mêlées, carillonnant ensemble comme des voix d'enfants qui rient. Les petits gars suivaient leurs mères, un morceau de galette à la main. Il faisait bon marcher dans l'air piquant, et Marthe allait, plus légère encore que de coutume, toute rose sous son chapeau bleu.

Hélas ! celui qu'elle aurait voulu voir n'était pas à l'église quand elle y entra. Il n'y parut pas. Son banc resta vide. À la sortie, Jacques ne se trouva pas là pour la saluer au passage. Elle s'en revint songeuse à la Cerisaie.

— Où donc est-il allé ? pensait-elle.

La réponse lui fut donnée le soir même.

Marthe avait accompagné sa tante chez les parents du comte Jules. Au cours de la visite, le vieux gentilhomme, un peu malignement, dit à mademoiselle d'Houllins :

— Savez-vous que vous perdez un voisin, mademoiselle ?

— Lequel ?

— Eh ! notre ami Jacques de Lucé... Il est parti hier matin pour Paris.

— Je l'ignorais complètement. Mais cela ne m'étonne pas. Il enrageait de revoir Paris, je suppose. Est-il parti pour toujours ?

— Heureusement non, pour quatre mois seulement.

Marthe, que cette nouvelle atteignait au cœur, ne put réprimer le premier mouvement de son émotion.

— Quatre mois, dit-elle, vous êtes sûr, monsieur ?

— Mais oui, mon enfant. Ce n'est pas de trop pour renouer tant de belles relations qu'il avait, et que l'absence dénoue vite, pour secouer la poussière provinciale et redevenir Parisien. D'ailleurs, nous sommes au temps des bals, des concerts, des expositions : la saison lui paraîtra moins longue que vous ne semblez le croire, j'en suis convaincu.

Elle rougit beaucoup, et, quand elle fut rentrée, elle pleura longtemps, amèrement, comme si elle avait perdu un de ses proches. Elle s'aperçut alors que Jacques de Lucé n'était plus pour elle un voisin ordinaire, et l'hiver, dont elle compta les jours, lui sembla plus sombre et plus lent que les années précédentes.

Chapitre IX

Si la jeune fille avait pu lire dans le cœur du baron Jacques, elle eût été moins chagrine, elle eût moins regretté une absence dont elle était en partie la cause. Il allait retrouver à Paris ses amis, les salons où il avait laissé un souvenir aimable dont il serait bien aise de constater la persistance, les expositions de peinture qui le passionnaient et les concerts qu'il avait suivis en dilettante et en connaisseur pendant plusieurs années ; mais il allait aussi revoir son oncle et tuteur, le chevalier d'Usselette, l'homme le moins bien portant de France, comme il s'appelait, et qui joignait à ce défaut, et à beaucoup d'autres, de l'esprit, du bon sens même quelquefois. Jacques voulait le consulter sur ces trois questions : Est-il temps, mon oncle, que je me marie ? À supposer que j'eusse quelque sentiment pour elle, est-il convenable de me marier avec une voisine qui n'est pas riche, et qui n'a jamais vu Paris ?

Jacques était de ces hommes qui prennent toujours un conseil, sauf à ne pas le suivre. Quoi qu'il entreprît, il cherchait l'opinion du monde. Or le monde était personnifié pour lui en M. d'Usselette, le dernier chevalier pimpant, frisé, léger, indiscret et galant de l'ancienne société : un vieux hanneton de rose, un hanneton de rose qui aurait survécu au printemps, et bourdonnerait au milieu de fleurs nouvelles qui n'y comprendraient rien. Il répétait de temps à autre à madame de Rumford, qui avait été madame Lavoisier, et dont il fréquentait le salon :

— Votre père a été guillotiné, madame ; M. Lavoisier également ; vous et moi avons bien failli subir le même sort : il m'arrive de regretter d'avoir survécu, d'abord parce que nous aurions fait route ensemble vers l'autre monde, – madame de Rumford ne manquait jamais de faire en cet endroit un signe de dénégation, – et ensuite parce que nous sommes dépaysés dans ce siècle stupide. C'est un grand art de savoir mourir avec son monde.

– Mon cher ami, répondait la grande dame, mieux vaut encore faire revivre un monde en sa personne, et mettre le siècle nouveau à l'école de l'ancien.

Chez madame de Rumford, il y avait dîner intime le lundi, réception ouverte le mardi et soirée de musique le vendredi. M. d'Usselette, et cela depuis le premier Empire, avait manqué bien peu de lundis, pas un mardi et pas un vendredi. Il trouvait là : Alexandre de Humboldt, Cuvier, le baron de Prony, Arago, le comte Mole, et tant d'autres illustres de la science, de la politique ou des lettres. Le reste de sa vie, il le passait à faire des visites, à lire et à priser. Il amusait. On le prenait souvent pour arbitre des questions de convenance et d'étiquette.

Son pupille venait donc le consulter à son tour.

Un autre motif l'amenait encore. M. d'Usselette était si léger, qu'il avait toujours oublié de lui rendre ses comptes de tutelle. Arrivé à sa majorité, le jeune homme, par discrétion, n'avait rien demandé. L'autre n'avait rien offert. Jacques avait quitté Paris sans savoir exactement ce qu'il possédait. Avant de se marier, il était utile de le savoir. Mais comment aborder ces deux sujets délicats ? Pendant cent dix-neuf jours, le baron Jacques n'osa pas. Le cent vingtième, quelques heures avant son départ, il allait oser, quand son tuteur le prévint.

M. d'Usselette était sur le point de sortir de son petit appartement de la rue de Bellechasse ; il avait pris son jonc à pomme d'or et ouvert la porte de la salle à manger où il venait de déjeuner, quand il s'arrêta sur le seuil, et murmura en levant la tête :

– Je suis sûr que j'oublie quelque chose !

Il resta quelques instants le nez en l'air, humant une prise, puis, se frappant le front de la main gauche et revenant sur ses pas :

– En effet, j'avais à te parler. Assieds-toi.

— Mais je suis assis, mon oncle.

— Bien. Alors je m'assieds.

Il approcha sa chaise de celle du jeune homme, devant la fenêtre, et, les jambes croisées, scandant ses mots avec la tabatière d'or qu'il tenait à la main, il eut avec son neveu l'entretien suivant.

— Mon cher, j'ai fait des comptes cette semaine. Il y a trente ans que cela ne m'était arrivé.

— Mon oncle, il faut vous reposer trente autres années là-dessus.

— Et chose remarquable : ils sont justes !

— Je vous en fais mon compliment.

— Ces comptes-là te concernent.

— Ah !

— Tu auras beau prétendre le contraire, mon cher ami, je vieillis. Humboldt me le disait hier : « Vous avez presque votre âge, monsieur d'Usselette. » Il est temps que je me mette en règle avec mes créanciers. Tu en es un. J'ai donc fait tes comptes de tutelle, et voici ta situation de fortune : ton domaine de la Basse-Rivière, neuf mille francs de rentes que tu touches depuis ta majorité, et qui te suffisent. Plus mille huit cent sept francs soixante-cinq de rentes cinq pour cent en titres au porteur, qui se trouvaient mêlés à mes papiers, et que je n'ai pas pensé jusqu'à présent à te remettre. Il y a quatre ans et demie que tu es majeur ; mille huit cent sept francs soixante-cinq pendant quatre ans et demie… pour faciliter le calcul, j'ai mis mille huit cents francs, pendant cinq ans, et j'ai trouvé neuf mille francs. C'est donc dix mille francs que tu retireras demain matin chez mon banquier. Voilà mes comptes.

— Le règlement me semble avantageux pour moi, mon oncle, et je vous remercie.

— Prends toujours, mon ami, c'est tout ce que tu auras de moi : car je dois t'en prévenir, j'ai mis tout mon bien en viager.

Le jeune homme reçut cette nouvelle désagréable sans laisser paraître le plus léger dépit. Son oncle, qui l'observait, s'écria :

— Eh bien ! tu reçois cela en gentilhomme. Cela me fait plaisir. Je disais donc que tu ne devais rien attendre de mon côté. Ce n'est pas que je ne te porte intérêt, beaucoup d'intérêt, et je vais te le prouver tout de suite. Je veux te donner…

— C'est inutile, mon oncle, je…

— Un simple conseil, mon ami, mais il est bon : marie-toi.

— Tout le monde me donne le même avis, mon oncle. Il vous semble donc aussi…

— Il me semble que tu es à l'âge où l'on doit se marier. Je parle de ceux qui en ont le temps. Moi je ne l'ai jamais eu : trop de relations, mon ami, trop d'invitations ; un causeur doit être célibataire, et je suis né causeur. Donc, puisque tu penses au mariage, dans la paix de ta province, c'est au mieux. J'ajouterai alors un second conseil au premier.

— Vous êtes bien bon, mon oncle.

— Marie-toi à une jeune fille qui soit de ta condition et, s'il se peut, de fortune égale à la tienne. Je ne l'ai que trop souvent vu : quand on cherche la dot, trois fois sur quatre, on épouse bête.

— Mais…

— À moins qu'on n'épouse laid.

— Mon oncle, je vous…

— Quelquefois les deux, je te l'accorde. Ta chère, ta charmante mère, ma sœur, était de cet avis. Elle avait des mots délicieux, ta mère, femme du monde jusqu'au bout des ongles. Et une répartie ! Tiens, je me rappelle qu'un jour, ce gros Wiesbach, tu sais, le naturaliste qui avait épousé sa tante ?…

— Wiesbach ? non, je ne me souviens pas.

— En effet, qu'est-ce que je dis ? Il est mort avant ta naissance. Peu importe d'ailleurs. Wiesbach lui démontrait que l'homme doit avoir autorité sur la femme. « Et comment le prouvez-vous, monsieur Wiesbach ?

– Par cent preuves.

– Donnez-m'en une ?

– Eh ! madame, Dieu a créé l'homme le premier, manifestant par là qu'il le faisait roi, princeps.

– Vous n'y êtes pas, répondit ta mère, l'explication est détestable, monsieur Wiesbach : si Dieu a créé l'homme avant la femme, c'est tout simplement qu'avant de faire son chef-d'œuvre, il avait besoin de faire un brouillon. N'est-ce pas, mon frère ? » ajouta-t-elle en se tournant vers moi. Eh ! eh ! eh ! qu'en penses-tu ? Non, mon ami, on n'a plus d'esprit comme ça. Qu'est-ce que je te disais donc ? Ah ! que ta mère était de cet avis : ne pas chercher la dot, la craindre plutôt. J'ajouterai ceci : fais ton choix dans ta province et, si tu peux, dans ta paroisse. Il y a un Grec, un Grec célèbre, je ne sais plus lequel, qui a laissé cet aphorisme : « Marie-toi jeune, et prends ta voisine ». En as-tu une ?

– Oui, mon oncle, mademoiselle…

– C'est juste, Fragonard ! Toujours charmante ?

– Je crois bien, mon oncle, que je commence à devenir mauvais juge de la question.

– Ah ! ah ! coquin ! Nous sommes blonde ?

– Oui, mon oncle, un peu frisée.

– C'est ça, un peu frisée : parfait, mon cher ami, parfait ! Nous avons vingt ans ?

– Près de vingt et un.

– Une petite métairie dans chaque main ?

– Précisément.

– Voilà qui est pour le mieux : nous nous aimons, nous nous marions, une idylle, c'est parfait !

– Oh ! mon oncle, je suis bien loin de là ! Je réfléchis, je demande conseil, mais je ne demande pas encore la main.

– Bah ! bah !

– Et puis, qui sait, à supposer que je la demande, si l'on m'agréerait ?

– Vous êtes un petit fat, mon neveu, qui voudriez un compliment : vous ne l'aurez pas. Mais vous demanderez Fragonard, et vous l'aurez. Cela ne fait pas de doute, et vous viendrez tous deux me faire visite de noces. Je suis enchanté de ce petit programme, véritablement enchanté.

Le chevalier se leva et fit quelques pas vers la porte. Puis il revint.

– Ah ! mais que je n'y figure pas, au moins, dans le programme ! Pas de lettre à écrire, pas de voyage surtout, tu me connais : l'horreur des affaires !

– Je sais, mon oncle.

– C'est donc entendu : tu te maries, et je ne m'en occupe pas. Mon cher Jacques, il faut que je te dise adieu, reprit le vieux chevalier. Tu pars à cinq heures, et je ne te retrouverai pas ici en rentrant : tu comprends, c'est le vendredi de madame de Rumford. La Malibran doit chanter ce soir. Une voix divine ! Je lui ai fait un acrostiche. Adieu, mon neveu, adieu, bel amoureux ! Mes hommages à Fragonard.

Il serra la main du jeune homme, et s'éloigna en chantonnant :

Lindor ayant mené ses moutons dans les prés,

Y trouva Toinon sa bergère.

– Allons, pensa le baron de Lucé, quand il fut seul, mon oncle est tout heureux d'être débarrassé de moi. Pour des raisons diverses, voilà quatre personnes qui me poussent à me marier avec mademoiselle de Seigny : Jules, madame Giron, l'abbé Courtois et mon oncle d'Usselette. Le mieux est peut-être de ne pas résister, et de faire quelque chose pour me réconcilier avec la tante d'Houllins. Mais quoi ?

Il eut tout le temps d'y songer pendant les quatre jours qu'il mit à regagner la Basse-Rivière.

Chapitre X

Dans le Craonais, terre un peu froide et rude, l'hiver est long, le printemps lent à venir, mais quand il éclate, quelle fête subite et superbe ! On est encore dans les jours mornes ; le ciel gris laisse à peine entrevoir le bleu de la saison chaude : l'herbe des près est verte, mais rase. Quelques bourgeons s'ouvrent sur les ronces : l'aubépine ni l'épine noire n'en ont encore. Les arbres de haute tige balancent au vent leurs rameaux maigres et les vieux nids des printemps passés. Rien ne s'élance, rien ne grandit, rien ne s'épanouit : le signal n'est pas donné, la sève qui bouillonne dans la terre attend l'heure de rompre ses digues.

Tout à coup, au milieu d'une journée pluvieuse, un souffle passe. Il est tiède, imprégné d'un parfum subtil. D'où vient-il ? Quels rayons l'ont chauffé ? Sur quelles fleurs s'est-il embaumé ? Ne cherchez pas. C'est la permission d'éclore donnée à l'herbe, aux fleurs, aux arbres, c'est le messager qui parcourt la terre. Tout ce qui a vie tressaille sur sa route. Le ciel peut rester gris, la bourrasque siffler encore, la gelée du matin retarder l'effort : la résurrection est commencée. De ce moment les premiers bourgeons éclatent ; les autres se forment, rougissent. Mille petites tiges s'élancent des pieds d'herbe. On voit des brins de paille dans le bec des moineaux. Les blés, jaunis par les pluies d'hiver, s'affermissent et prennent un ton foncé. Des champs de vesceau, les perdrix partent deux. Les guérets commencent à fumer. Les nénuphars montent du fond de l'eau. On entend de très loin les gars chanter dans les chemins. Une abeille vole : c'est qu'une fleur s'est ouverte. Attendez quelques jours encore, et la parure nouvelle de la terre sera complète, et tout verdira, et tout fleurira, et tout chantera.

Tout commençait à verdir, à fleurir, à chanter, ce soir de la fin d'avril où ma tante Giron se rendit à Chanteloup, chez le père Luneau. Elle était invitée aux rilleaux. La cuisson des rilleaux, dans toutes les fermes du pays, est l'occasion d'une fête à laquelle les parents et les amis sont conviés. C'est une grave affaire et une entreprise difficile. Tout le monde n'a pas le coup d'œil nécessaire, le don mystérieux de deviner l'instant précis où le lard est cuit sans être fondu, doré sans être roussi : le comble du talent est d'obtenir des rilleaux rosés : mais il faut être sorcier pour cela.

Avouons-le tout de suite : on l'était un peu à Chanteloup ; non pas peut-être le père, mais le fils ; or le père et le fils se tiennent de si près que, dans l'opinion du pays, le père Luneau était un peu sorcier parce que le fils, Sosthène, l'était à fond. Nul cependant n'était plus honnête ni plus rangé que le père Luneau de Chanteloup, un vieillard de taille moyenne, à l'œil doux, au nez un peu busqué, à la tête chauve avec des boucles grises retombant sur la nuque, au moral très finaud, d'humeur paisible et causante. Il avait eu sept enfants, qu'il avait tous élevés. Trois avaient quitté la maison : une fille qui s'était mariée et deux autres qui s'étaient mises « en condition » chez des voisins recommandables. Il restait à la maison la dernière fille et les trois fils. C'étaient plus de bras qu'il n'en fallait pour cultiver la petite closerie et pour soigner les quatre vaches de l'étable. Mais, à force d'économie et d'industrie, on vivait tout de même. Chanteloup n'avait pas à payer le taupier, car le fils aîné prenait les taupes pour rien ; ni le greleur, car le cadet savait greler ; ni le sabotier, car le dernier creusait à ravir les billes d'aulne et d'ormeau. Le père avait, d'ailleurs, précédé ses fils dans la voie des spécialités : il jouait du serpent à l'église. Il en usait un peu sans art avec son instrument, n'ayant pu méditer le volume in-douze que le professeur de serpent de Paris, Imbert de Sens, fit paraître en 1780, chez la veuve Ballard, sous ce titre : Nouvelle méthode de serpent pour ceux qui en veulent jouer avec goût ; mais il en jouait avec une conviction robuste, avec ardeur, avec passion, suivant le précepte du curé, qui lui avait dit, après trois leçons de doigté :

— Souffle là-dedans, mon bonhomme, tant que tu pourras, comme tu pourras : tu ne feras jamais autant de bruit que nous.

Et c'était vrai.

Seulement, comme il y a chez les hommes un fonds insatiable d'ambition, l'honneur de figurer au lutrin ne lui suffisait pas. Il gémissait de ne pas être du conseil municipal. Son fils aîné l'en écartait.

Qu'avait-il donc fait, ce grand gars nonchalant, aux yeux bleus, qui courait les champs avec l'allure ennuyée d'un marin à terre, et comment troublait-il la vieillesse de son père ? Eh mon Dieu ! il avait fait la guerre d'Espagne avec le duc d'Angoulême, dans un régiment de lanciers. Il en était revenu bronzé, décoré, avec les galons de maréchal des logis. À son retour, on s'attendait à le voir prendre la direction de quelque ferme importante ; les marraines du bourg causaient déjà de lui ; des jalousies s'éveillaient entre les filles, à son sujet, et plus d'une rêvait de devenir la femme du beau soldat d'hier, qui serait demain, s'il le voulait, le premier laboureur de la paroisse.

Tout à coup, on apprit que Sosthène Luneau était devenu taupier. La chute était profonde, d'autant plus extraordinaire qu'il n'y avait jamais eu de taupier dans la famille Luneau, et que, d'ordinaire, la tauperie est héréditaire. Lui, s'était fait taupier par hasard, d'aucuns disent par force. On ne sait pas au juste. Voici comment un ancien, un homme véridique, m'a conté l'affaire.

L'ancien taupier de Vern, Géromet, était très vieux et point marié : ces gens-là se marient peu. Il avait sans doute jeté les yeux sur Sosthène Luneau, depuis longtemps, pour lui transmettre son secret. Sosthène ne lui avait rien demandé. Il n'y pensait pas. Il était seulement flâneur un brin et songeur, voilà tout. Donc il revenait, Sosthène, par la traverse, le soir de la foire de Caudé, entre nous soit dit, un peu saoul. Il trouvait les échaliers plus haut que de coutume. Les nuées dansaient sur la lune, quand il passa dans le champ de la Coudre, qui était en chaume. C'est un endroit, chacun le sait, qui n'est pas chanceux. Voilà qu'au moment où il allait sauter la haie, il entendit un bruit. « Il se retournât, et vit comme ça trente-deux bêtes qui se tenaient par la queue, et qui tournaient, virr, virr, virr ! Ça vint sur lui, monsieur ; ça le roulit dans le sillon, si rouli, si rouli, que ça le dessaoulât. » Il se releva ; il voulait partir, il ne pouvait. Alors il s'assit sur le talus. À côté de lui, il y avait un homme, et cet homme c'était Géromet, qui lui mit la main sur le bras, et lui dit :

– Approche, approche, je ne te veux pas de mal à toi, je te veux du bien.

Il resta silencieux plus de deux minutes, faisant des signes aux buissons, comme de se tenir tranquilles, puis il ajouta :

– Ça te conviendrait bien, la tauperie.

– Faut la connaître.

– Je te l'apprendrai.

– Ça ne suffit pas d'apprendre le métier, faut savoir le se-cret.

– Je te le dirai.

Le grand Sosthène regardait le taupier d'un air de doute. Il pensait au mauvais renom de la tauperie.

Géromet reprit :

– On peut gagner gros dans la tauperie.

– Peut-être bien.

– Et puis, on est son maître et celui des autres...

L'œil de Sosthène brilla.

– Rien ne vous résiste, dit le taupier, la fille qu'on veut en mariage, on l'a toujours.

– Alors pourquoi ne t'es-tu pas marié, Géromet ?

– Parce que je n'ai pas voulu.

– Et pourquoi quittes-tu le métier ?

– Parce que je vas mourir. Elles me l'ont dit.

– Qui, elles ?

– Tu le sauras plus tard.

Le gars resta un peu de temps indécis, les yeux errants à terre, autour de ses pieds, pendant que le taupier répétait, comme se parlant à lui-même :

– On peut gagner gros dans la tauperie, oui, très gros.

À l'autre bout du champ il se passait des choses terribles. Sosthène savait-il bien ce qu'il faisait ? Il se pencha, et murmura :

– Dis-moi le secret, je veux bien.

Alors s'engagea entre les deux hommes une conversation à voix très basse, dont personne n'a jamais rien entendu ni su. Seulement la petite Louison, qui ramenait ses vaches du pré, vers huit heures, remarqua que, ce soir-là, la pointe des peupliers du côté de la Coudre était tantôt lumineuse et jaune, tantôt sombre, et, ce qui est plus grave, le meunier de la Basse-Rivière, un homme d'âge, quand on lui apprit la date de l'entretien, se rappela parfaitement que, montant avec son mulet le chemin qui passe le long du champ, il s'était trouvé entouré d'oiseaux de nuit qui faisaient un tapage effroyable. Couples d'orfraies, de chevêches, de chats-huants et de ducs, rassemblés en cet étroit espace en nombre inusité, se répondaient d'une souche à l'autre, et roulaient leurs yeux phosphorescents qui luisaient dans l'épaisseur du feuillage. Cette rencontre l'avait étonné. Quand il sut l'entrevue, il ne s'étonna plus.

Le premier qui, dans le bourg, annonça que Sosthène Luneau s'était fait taupier, fut accueilli par des éclats de rire et traité de mauvais plaisant. Mais on ne rit plus, et quelques filles rougirent pour cet insensé, quand la nouvelle se répandit, deux mois plus tard, que Géromet était mort, et qu'il laissait par testament au fils aîné du père Luneau ses pièges à taupes, sa bêche à manche de cormier et aussi, – remarquez les termes, – « son sac en peau, avec tout ce qu'il y avait dedans. »

Les derniers incrédules se rendirent à l'évidence quand Sosthène en personne, la bêche sur l'épaule et portant en travers du corps le sac de peau « avec tout ce qu'il y avait dedans », se mit à parcourir le pays, en offrant ses services et demandant leur pratique aux métayers.

Aucun doute ne pouvait subsister : Sosthène Luneau était taupier. Le scandale fut grand dans la paroisse et même au delà.

La renommée des Luneau, jusque-là intacte, en souffrit une grande atteinte. Bien des amis s'écartèrent discrètement. Chanteloup devint un lieu redouté. Adieu les beaux mariages pour les filles, adieu le conseil municipal pour le père : sœurs de taupier, père de taupier, mauvaise note dans le Craonais.

Peut-être ignorez-vous la raison de cette répulsion. Vous pensez que la tauperie est l'art de prendre les taupes ? Sans doute ; mais elle est autre chose encore, et tout n'est pas naturel dans les moyens qu'elle emploie. De tout temps elle a été considérée comme une branche de la sorcellerie, et non la moins noire. Le talparum venator du moyen âge et le taupier de nos jours sont frères en sortilèges. Ils ont quelque chose de l'existence et du mauvais renom du bohémien. Le paysan suspecte ce vagabond, qui parcourt les champs à la fine pointe du jour, à l'heure où ils sont encore visités par les apparitions de la nuit.

Lui, l'homme du plein jour, l'homme du soleil, il se défie de l'homme des crépuscules et des heures douteuses. Le taupier marche à pas de loup ; on dit : « Marcher comme un preneur de taupes ».

Pourquoi ? Pour surprendre son gibier, oui, mais est-ce bien tout ? Il n'est pas souvent chez lui ; où est-il ? Quelles rencontres fait-il, ou plutôt quelles rencontres ne fait-il pas, en de certains carrefours, le long de certaines coulées de prés, bien connus pour être hantés ?

Quand la chasse-Hennequin passe en l'air, « cent diables volant, cent âmes damnées chassant », qui les entend ? tout le monde ; qui les voit ? le taupier. La Grande-Levrette, qu'on appelle encore la bête Havette ou la Bigorne, qui court les chemins verts, à la nuit tombante, souple comme une panthère, suivant on ne sait quelle proie invisible, les a souvent trouvés sur la route. Elle ne leur a jamais fait de mal. C'est donc qu'ils la connaissent. Combien de fois ont-ils vu les feux follets, « les éclairoux », sortir des fossés, des marouillers, et danser autour d'eux, sans en paraître plus effrayés que de simples papillons ? Et cependant, ils n'ignorent pas la puissance de ces âmes errantes.

S'ils n'ont pas peur d'elles, n'est-ce pas qu'ils les ont conjurées ? Ils sont rarement pris de vin, c'est vrai. Cependant cela leur arrive comme aux autres. Comment n'a-t-on jamais entendu dire qu'ils aient été terrassés par cette méchante chèvre blanche, maigre comme une cosse de pois, lourde comme une maison, qui suit les buveurs au retour des foires, leur met ses pattes sur les épaules, les terrasse, et les roule avec ses cornes jusqu'au creux des fossés ? Ils savent peut-être ce qu'il faut lui dire. Ce qui n'est pas douteux, c'est qu'ils sont presque tous meneurs de loups. De ce côté-la, les preuves abondent. Plusieurs hommes du bourg avaient rencontré Sosthène Luneau en cette affreuse compagnie. Fauvêpre par exemple, le charron, un homme qui ne boit pas, l'avait trouvé sur la route de Vern, une nuit de novembre. Du bas de la côte, en levant les yeux, comme il faisait de la lune, il l'avait très bien vu, tout en haut, lui et les sept loups qui le suivaient. Ces méchantes bêtes lui obéissaient comme des chiens, ne s'écartant guère et revenant dès qu'il sifflait. De temps en temps, il leur parlait. Quand Fauvêpre approcha, les loups le sentirent, et se mirent à grogner et à tirer la langue. Le gars tremblait de peur. Le meneur fit un petit sifflement qui ressemblait au cri d'une chouette, et dit : « Allons, allons, les agneaux, ne lui faites pas de mal, c'est un ami ! » Alors les loups, trois d'un côté, quatre de l'autre, entrèrent dans la haie, et suivirent les deux fossés, à droite et à gauche de la route, pendant que Fauvêpre croisait Sosthène, qui ne répondit point à son bonsoir, sinon par un signe de tête, comme un homme qui a des raisons de se taire.

Cent autres histoires de ce genre couraient sur le compte de Sosthène.

Au fond de tous ces récits, qu'y avait-il ? Absolument rien. Le grand Sosthène était le plus honnête homme du monde, nullement mécréant. S'il était devenu taupier, c'était par paresse et par goût de la flânerie. Il n'avait point hérité des secrets, du bissac, ni des pièges de Géromet, il les avait achetés, et c'était uniquement les conditions du prix qu'ils débattaient dans cette entrevue mystérieuse qui fit scandale dans le pays. Mais quand un homme a été décrété meneur de loups, il ne s'en lave jamais complètement. Sosthène avait ou beau protester, quelques-uns avaient rompu tout à fait avec lui, d'autres s'en étaient éloignés seulement : personne ne l'avait cru.

Voilà pourquoi les jours de fête, et notamment aux veillées des rilleaux, le nombre des amis n'était pas considérable à la métairie de Chanteloup. Raison de plus pour ma tante Giron, qui avait bon cœur, d'accepter l'invitation du vieux Luneau.

Elle se rendait donc par les sentiers, par les traînes des prés, à la ferme cachée parmi les arbres, un soir de printemps, la renoncule d'eau étant fleurie et les coucous-pelote pas encore.

Chapitre XI

Quand elle entra dans le petit courtil qui s'étendait devant la ferme, le chien de garde quitta brusquement l'ombre d'un romarin sous lequel il dormait, et courut à elle en aboyant, puis, la reconnaissant, il se ramassa sur lui-même, et vint frotter sa grosse tête grise le long des jupes de ma tante Giron. Au même instant, Sosthène apparut sur le seuil.

– Ici ! Papillon, dit-il. Bonjour, madame Giron.

Il y eut un éclair de joie dans son œil bleu. Le taupier était reconnaissant de cette visite.

Il précéda ma tante Giron dans la salle où la famille était réunie. Tout le monde se leva sans changer de place. Elle passa la revue d'un coup d'œil : les trois fils étaient rangés le long du mur, près de la grande table de cerisier ; la fille, au fond de la chambre, essuyait une pile d'assiettes de faïence à pois bleus ; la mère, près du foyer, un pied sur son rouet qui tournait encore, tendait une chaise à son hôtesse ; enfin, sous l'auvent de la cheminée, les cheveux dans la fumée, penché au-dessus du chaudron de cuivre, le père Luneau, grave comme au lutrin, tournait les rilleaux bouillants avec sa cuiller de bois.

– Salut, la compagnie ! dit-elle. Tout va bien ici, les gens et les bêtes?

– Oui, madame Giron, Dieu merci, répondit le fils cadet du métayer, un grand gars qui aimait rire ; il y a seulement ma sœur, la Françoise, qui a attrapé hier un coup de soleil à la sarclée ; c'est une vraie demoiselle de ville.

Françoise, confuse, rougit en se détournant un peu, pour cacher ses joues hâlées par les soleils d'avril, qui mordent plus dur que d'autres.

— Voyez-vous ces grands fainéants, repartit ma tante Giron : le père travaille, la mère travaille, la sœur travaille, eux se croisent les bras, là, sur la table, et encore ils se moquent des autres ! Il n'y a que les bonnes métayères qui ont le teint brûlé.

Puis, elle ajouta :

— Les « en air » sont-ils beaux chez vous ? Les « en air, » c'est toute semence germée, vivant dans l'air libre : les avoines, les froments, les orges, les seigles, toute la moisson future des champs.

On la renseigna. La conversation s'engagea, toute simple entre ces simples gens. Petit à petit, chacun y prit part. Le père Luneau, mis en bonne humeur, ne tarissait pas. Il racontait des histoires qui tournaient sans fin, comme sa cuiller de bois, récits sur les foires voisines, sur les familles du pays, sur la « grande guerre », qu'il n'avait pas faite, mais qu'il savait, d'après les témoins vivants : c'était une litanie, comme celles qu'il accompagnait le dimanche.

Sosthène parlait peu. Il était plus taciturne ce jour-là que de coutume. Une seule chose paraissait l'occuper : sa sœur Françoise. Il ne la quittait pas des yeux, et, dans son regard, on devinait, on sentait une tendresse vive et des interrogations et des remerciements, tout un long discours qu'il lui faisait. C'est qu'entre eux, voyez-vous, il y avait des confidences, et l'amitié s'en était doublée. La première, elle avait connu le secret, l'avait bien accueilli, bien gardé. Depuis lors, combien de fois elle avait consolé son frère, la bonne Françoise ! La regarder, c'était donc penser à l'autre. Sosthène trouvait même, par moments, qu'elle lui ressemblait, de loin peut-être, mais l'autre était douce à voir, même de loin. Il pensait :

— Est-elle gentille, notre Françoise ! Et moi qui, autrefois, ne m'en apercevais pas ! J'étais aveugle !

Pour elle, du coin du feu où elle se trouvait assise quelquefois, plus souvent debout, toujours agissant et point songeuse du tout, elle regardait aussi son frère quand personne n'y prenait garde, souriant un peu et haussant les épaules, comme pour lui dire : « Ose donc, grand Sosthène, ose donc ! » Il avait l'air indécis et malheureux.

Le temps passait, le rouet ronflait, la chandelle de suif pétillait : le bras du père Luneau tournait toujours.

Il était dix heures sonnées à la vieille horloge quand les rilleaux furent cuits. On les retira. Quelques-uns des meilleurs, tout chauds, furent mis dans une assiette et servis sur la table. Arrosés de cidre, c'était un régal. Tous y firent honneur, même Sosthène. Ma tante Giron déclara que le métayer de Chanteloup s'était surpassé. Le bonhomme suant, soufflant, faisait le modeste : il était ravi. Ce soir-là, les déceptions municipales ne hantèrent point son esprit.

— Les meilleures fêtes et les meilleures gens ont une fin, dit ma tante Giron en se levant. Allons, métayer, à l'an prochain. Un de vos gars me fera bien la conduite, n'est-ce pas ?

— À votre service, madame Giron, répondit le père Chanteloup. Vas-y, Sosthène, l'air de la nuit ne te fait pas peur.

Sosthène ouvrit la porte basse qui donnait accès dans le courtil, pendant que ma tante Giron distribuait quelques poignées de main autour d'elle. Tous deux furent bientôt sortis du jardin, et prirent le sentier qui coupe les prés.

En toute saison, dès que le soleil est couché, la brume couvre ces terres basses, au milieu desquelles glisse sans bruit, couverte de nénuphars, la minuscule Hommée. Elle flotte en nappes épaisses, à quatre ou cinq pieds du sol, molle, blanche, coupant la ligne des arbres à la hauteur de leurs basses branches. Quand la lune monte, c'est une ouate d'argent. Si le vent s'élève, il brise cette masse floconneuse, et l'emporte en lambeaux qui courent sous bois, tordus, laissant traîner comme des chevelures. Plusieurs disent que ce sont les demoiselles de l'eau qui passent, robes et cheveux au vent. Elles vont où elles veulent, franchissant les haies sans « jambeyer ». Ne les arrêtez pas. N'interrompez pas ces vagabondes de la nuit. Leur secret est mauvais. Elles sont proches parentes des lavandières maudites qui battent éternellement, le long des gués déserts, les langes des nouveau-nés qu'elles ont tués. Rentrez plutôt chez vous. Ne vous mêlez pas à tous ces fantômes dont vous ignorez le nombre, et la force, et l'approche. Pour les demoiselles de l'eau cependant, si vous les rencontrez « sans qu'il y ait de votre faute », saluez-les, et dites : « Demoiselles, je suis votre serviteur ». Elles vous laisseront en paix.

Ma tante Giron et le grand Sosthène les rencontrèrent, « sans qu'il y eût de leur faute », à moins de cent mètres de Chanteloup, car il faisait une petite brise ce soir-là, et la lune, à moitié pleine, s'était mise en route dans le ciel comme une coquille ouverte posée sur la mer. Ma tante n'avait pas peur. Le grand Sosthène faisait semblant de rire ; il marchait les bras ballants, lentement ; un de ses pas en valait trois de ma tante Giron : mais, au fond, il n'était pas très rassuré. La nuit avait le silence profond qui se fait aux approches de minuit. C'est l'heure du grand sommeil. À peine, par intervalles, l'aboi d'un chien. Pas de chants de coq, pas même de bruissement de feuilles : la brume amortissait tout. Rien ne montait de la terre aux étoiles, mais il descendait, des étoiles sur la terre, une lueur douce et froide qui serrait le cœur.

Ce fut seulement dans le petit chemin qui remonte vers le bourg, au delà du pont de bois, que Sosthène se décida à parler. Ma tante Giron s'était arrêtée en attendant qu'il refermât la barrière du pont.

— Madame Giron, dit le grand Sosthène, ma sœur Françoise ne vous a rien dit ?

— Non, mon garçon, tu le sais bien, puisque nous avons passé la veillée ensemble.

— C'est qu'elle aurait pu vous dire quelque chose.

— Vraiment ! et quoi donc ?

— Vous connaissez bien la fille de la Gerbellière ?

— Annette ? oui, eh bien ?

Le grand Sosthène, tout émoyé, ne put continuer. Ses jambes flageolaient. Il passait sa manche sur son front comme s'il avait eu chaud. Il allait peut-être s'enfuir, sauvage et honteux, car on ne sait de quelles impolitesses les timides sont capables, lorsque ma tante Giron, qui avait compris, l'arrêta en disant :

– Tes affaires de cœur ne s'avancent donc pas, mon grand Luneau? Que dit le père Gerbellière ?

– Il serait bien porté pour moi.

– C'est donc la fille qui ne veut pas de toi ?

– Ce n'est pas qu'elle ne veuille pas de moi, madame Giron, mais elle a des idées.

– Des idées, il y a bien des espèces d'idées. Ne veut-elle pas être métayère?

– Non, madame Giron, je vais vous dire : toutes les fois que je lui parle, elle me renvoie ; un jour elle me dit qu'on ne saurait trop réfléchir à ces affaires-là, et l'autre, qu'elle n'a pas eu le temps d'y penser.

– Bah ! bah ! c'est ce qui t'émoye, et te rend muet comme l'huile ? Caprices de fille. Elle aime encore sa liberté mieux que toi… Le contraire viendra.

– Si ça se pouvait ! répondit-il, en jetant sur ma tante Giron un coup d'œil rapide où éclatait la joie encore anxieuse de son âme.

– Écoute, Sosthène, suis mon conseil, tu t'en trouveras bien : quitte la tauperie. Tu sais que ce métier-là n'est guère en honneur, et qu'il court de vilains bruits sur les taupiers. Moi je n'en crois rien, mais tu t'es fait tort dans le pays. On ne comprend pas que toi, fils d'un honnête closier qui a du bien, tu t'en ailles, à toute heure de jour et de nuit, tendre des pièges dans l'herbe. C'était bon pour un va-nu-pieds comme le père Géromet. Annette ne voudra jamais épouser un taupier. Prends-en ton parti, ou bien promets-moi de jeter à l'eau ton sac, tes pièges et tout ton attirail. Si tu fais ça, je parlerai au père Gerbellière. Veux-tu ?

– Madame Giron, vous pouvez m'en croire : du jour qu'elle m'aura dit oui, moi j'aurai dit non à la tauperie.

– C'est bien, Sosthène, et moi, je pourrai dire au père Gerbellière : « Ce n'est plus un taupier qui demande votre fille, c'est un métayer, un bon laboureur qui gagne honnêtement sa vie au soleil, donnez-lui Annette. »

– Oui, madame Giron, oui, madame Giron, répondait Sosthène.

Il ajouta plus bas :

– Et Annette, alors ?

– Tu veux que je lui parle aussi ?

– Elle revient dans deux semaines de chez la Francine.

– Eh bien ! je lui parlerai. Et je lui conseillerai de devenir la femme du grand Luneau, qui est un grand serin, mais un bon gars au fond... Ah çà ! reprit-elle au bout d'un instant, voilà une heure que nous sommes là, les pieds dans l'herbe. Assez causé sous la lune. En avant!

Sosthène, dans l'excès de son trouble, ne répondait rien. Il se mit à marcher à côté de ma tante Giron à grandes enjambées. De temps à autre, il riait tout haut, ou bien il levait les bras en l'air, ou les croisait sur sa poitrine, accentuant ainsi quelque exclamation intérieure.

Ma tante Giron le regardait, moitié riant, moitié émue de cet enthousiasme naïf du grand Luneau.

Quand ils furent à l'entrée du bourg :

– Au revoir, Sosthène, dit-elle ; je vois que tu es bien content.

– Ah ! madame Giron ! répondit le grand Luneau.

Il ne trouva pas d'autre formule de remerciement. En ce moment, d'ailleurs, il ne songeait pas à remercier, car la reconnaissance est toujours en retard sur la joie : c'est un fruit d'automne chez les heureux, et qui ne mûrit pas toujours.

À peine le grand Luneau eut-il tourné les talons, qu'il se mit à marcher aussi vite qu'il le put. Ma tante Giron lui en imposait. Il avait besoin d'être seul, d'être libre. Le cœur lui sautait dans la poitrine, et, ma foi, à cent pas du bourg, il se mit à sauter, lui aussi, comme un enfant qui revient de l'école, par-dessus les ornières, par-dessus les ronces qui barraient le chemin. Les demoiselles blanches le frôlaient, il n'y prenait pas garde. En passant sur le pont, il regarda la lune dans l'eau, et la trouva jolie, pour la première fois de sa vie.

L'idée lui vint de cueillir des narcisses d'eau. Il en tira tout un îlot flottant, en fit un bouquet, et en fleurit la poche de sa veste bleue, près du cœur.

Une chanson lui traversa l'esprit, et il chanta :

> *Par derrière chez mon père,*
> *Il y a-t'un bois joli.*
> *Le rossignol y chante*
> *Et le jour et la nuit.*
> *Aurais-je Nanette ?*
> *Je crois que non.*
> *Aurai-je Nanette ?*

Je crois que oui.

En vérité, il était à moitié fou, le grand Luneau, du bonheur d'avoir eu tant de courage et reçu d'aussi bonnes paroles. Jamais, non, pas même après la prise du Trocadéro, quand il fut cité à l'ordre du jour de l'armée française, il n'avait été si joyeux.

Tout le long des prés il chanta, mais il cessa à bien deux cents mètres de Chanteloup, de peur d'éveiller Françoise. Et quand il passa près du lit de la jeune fille endormie, s'étant penché, il dit à demi-voix, comme si elle avait pu entendre :

– Sœur Françoise, madame Giron lui parlera !

La jeune fille se tourna un peu, ses yeux s'entrouvrirent.

Il crut qu'elle souriait, et qu'elle avait compris.

Chapitre XII

Ma tante Giron tint parole. Un soir qu'elle avait été chez le meunier de la Basse-Rivière, pour recommander qu'on blutât mieux sa farine, ayant rencontré le père Gerbellière, elle revint avec lui, et, le long du chemin, lui fit la commission du grand Luneau.

Le bonhomme avoua bien les qualités du prétendant, et tomba d'accord qu'avec un peu de tauperie en moins le parti ne serait pas mauvais. Mais à toutes les questions que ma tante Giron lui posa sur les dispositions d'Annette, il ne répondit rien. Quand elle voulut savoir, par exemple, si sa fille consentirait à quitter son métier pour devenir métayère, elle reçut simplement cette énigme à deviner :

— Quand les filles ont une idée, et que leur père en a une autre, qui est-ce qui doit céder, madame Giron ?

— Les enfants, Gerbellière ; du moins de mon temps c'était ainsi.

— Il faut croire que tout a changé, alors.

Et ce fut tout.

Bien que le métayer fût taciturne de nature, ma tante s'étonna de le trouver si peu communicatif. La physionomie dure qu'il avait en parlant de sa fille, l'embarras où le mettaient certaines demandes, la confirmèrent dans la pensée qu'il y avait une lutte sourde entre Annette et son père.

Elle ne se trompait pas : un dissentiment profond les divisait. Tous deux en souffraient, chacun à sa façon, et la pâleur d'Annette, la vieillesse précoce de Gerbellière, avaient cette commune souffrance pour cause. Ni l'un ni l'autre n'étaient près de céder pourtant : elle, parce qu'elle avait raison ; lui, parce qu'il était l'entêtement même. Et la lutte durait depuis deux ans, sans trêve comme sans éclat public. Plusieurs avaient remarqué la brouille. Un seul homme en connaissait le motif et l'histoire : le curé de Marans.

Gerbellière était un de ces rudes métayers, comme il en comptait beaucoup dans sa paroisse qui, jeunes, avaient l'air d'athlètes, et vieux, de patriarches. Haut de six pieds, maigre de cette maigreur robuste et noueuse que donne le travail des champs, il avait ce type superbe, cette tête pleine d'énergie et de méditation que David d'Angers a rencontrés et crayonnés plus d'une fois chez les soldats de la grande guerre : des yeux enfoncés sous deux buissons de sourcils, le nez droit, les lèvres rentrées, terminées par deux rides profondes et les cheveux coupés au collet de la veste. Dans sa jeunesse, il avait été redouté pour la force de son bras. À présent, on l'estimait pour sa longue probité. Sa parole valait de l'or. La race, depuis vingt générations, était bien vue dans le Craonais.

Elle y jouissait même d'une gloire à part. Car le métayer de la Gerbellière, qui s'appelait Jean, avait eu un frère, Nicolas, un héros et un saint, le plus beau chouan de la région. Tous deux s'étaient levés des premiers, au commencement de 1793. Jean s'était bien battu, mais l'autre avait été sublime.

Tout le monde connaît cette sanglante affaire de la Croix-Bataille, où quarante-cinq mille républicains, commandés par Léchelle, furent défaits par La Rochejaquelein, perdirent vingt-deux canons et toutes leurs provisions. Le gros des fuyards avait gagné Château-Gontier, et La Rochejaquelein les poursuivait avec cinq ou six mille hommes. Arrivé devant la ville, il l'attaqua de plusieurs côtés à la fois. La plus chaude action s'engagea à la porte de Craon, que défendaient les grenadiers bleus.

Nicolas se trouvait là. Il se battait depuis le matin. Le bas de sa redingote, disait son frère, ressemblait à un carrelet à poisson, tant les balles l'avaient troué. Arrivé le premier, il s'était embusqué juste derrière la porte, et, à travers les fentes que le canon avait faites aux planches, tirait à bout portant sur l'ennemi. Après chaque coup, il se retirait pour charger dans l'angle du mur. Mais le jeu était dangereux, car, de l'autre côté, un grenadier bleu l'épiait, et lui répondait. Ces deux hommes s'acharnèrent bientôt à ce duel terrible. Noirs de poudre, les vêtements brûlés, ils se provoquaient, se cherchaient, se visaient, quelquefois par la même meurtrière ; chacun d'eux n'avait plus qu'une pensée : tuer l'autre. Ils luttèrent ainsi plus d'une demi-heure sans s'atteindre. La ville était déjà prise qu'ils luttaient encore. Un dernier coup de feu perça le ventre du grenadier, qui tomba à la renverse.

Aussitôt, Nicolas fit le tour par la brèche, et s'approcha du blessé.

Toute sa colère s'était dissipée. Devant ce brave qu'il avait tué, une pitié mêlée d'admiration lui remplit l'âme. Et entre les deux ennemis s'établit ce dialogue :

– C'est toi qui t'es si bien battu ? dit le chouan.

– Oui.

– Mon pauvre ami, tu vas mourir.

– Crois-tu que je ne le sens pas ?

– Et pour quelle mauvaise cause !

Le bleu se releva sur un coude, et, farouche cria :

– Vive la République !

Nicolas se pencha vers lui, et dit :

– Laisse-moi t'embrasser.

– Pourquoi faire ?

– Pour que tu me pardonnes. C'est moi qui t'ai tué !

– J'ai bien essayé de t'en faire autant. Nous sommes quittes.

– Je ne m'en consolerai pas, si tu ne meures en chrétien.

– Que t'importe à toi ?

– Non, tu ne peux pas finir comme ça. Tu es un trop vaillant gars. Repens-toi, confesse-toi : il y a des prêtres parmi nous…

— Je ne veux pas de tes prêtres ! dit le bleu en le repoussant, laisse-moi !

— Oh ! mon ami, reprit le chouan humblement, je t'en prie que je te retrouve un jour dans le paradis où vont les braves comme nous !

Et soulevant le blessé, il le porta plus loin, sous un arbre qu'il y avait là, et chemin faisant, il lui disait :

— Vois-tu, j'ai tant de peine de t'avoir tué ! Je voudrais mourir à ta place.

Puis il demanda à ses camarades d'apporter un matelas et d'aller chercher un prêtre.

Pendant qu'ils y allaient, il lavait la plaie béante du mourant, et l'exhortait doucement, en l'appelant son frère et son ami, tellement que le soldat bleu, vaincu par cette charité, l'entoura de ses bras, et dit :

— Je n'ai jamais rencontré d'homme aussi bon que toi. Je ferai ce que tu veux, pour te retrouver.

Il se confessa, en effet, et mourut la tête appuyée sur la poitrine du chouan.

Deux jours après, Nicolas mourait à son tour, victime de sa témérité, frappé par un boulet de l'armée royaliste, au milieu des bleus qu'il poursuivait.

— Laisse-moi là, dit-il à son frère Jean, qui voulait l'emporter dans une ferme : tu n'aurais pas le temps. Seulement, écoute bien.

Il recueillit ses forces, et ajouta ces mots, qui furent son dernier soupir :

— J'offre le sacrifice de ma vie, pour que de ta race il naisse un prêtre.

Le vœu de ce vaillant avait été exaucé. Le fils de Jean, Rémy, s'était fait prêtre, et, soldat d'avant-garde comme son oncle, était parti, à vingt-cinq ans, pour les missions de Corée. Le coup avait été rude pour Gerbellière. Il lui en avait coûté beaucoup de se séparer de ce fils unique, sur qui reposait l'avenir de la ferme, et je ne sais quelle amertume lui en était restée au fond du cœur. Il n'en parlait jamais qu'il n'y fût amené, et quand Annette, encore petite, lisait devant la famille assemblée les lettres qui, de temps à autre, arrivaient du fond de l'Orient, il manquait rarement de dire, la lecture terminée :

– Rémy n'est plus là, ma fille, Dieu l'a pris. Je ne m'en plains pas. Mais je vieillis, et j'ai besoin d'un remplaçant : il faudra te marier de bonne heure.

Annette était devenue grande. Un premier parti s'était offert pour elle : elle l'avait repoussé. « Elle acceptera le prochain », avait pensé Gerbellière. Un second prétendant avait eu le même sort, puis un troisième encore. Les jeunes gars de la paroisse, quêtant fortune ailleurs, ne l'avaient plus demandée.

Le père cherchait avec inquiétude quelle pensée secrète sa fille lui cachait. Il l'apprit un jour. Annette lui déclara qu'elle désirait entrer au couvent. Alors un mauvais sentiment s'empara de lui. La mère n'était plus là pour calmer et ramener à la raison la nature emportée du métayer. Il éclata en reproches contre ce qu'il appelait l'ingratitude de sa fille, l'accusa d'abandonner sa vieillesse, et lui signifia que jamais elle n'aurait son consentement.

À partir de ce jour, la vie fut insupportable pour Annette à la Gerbellière. Son père, à la moindre occasion, donnait cours à une violente irritation, que la douceur inflexible de la jeune fille ne faisait qu'exaspérer. Pour échapper à cette situation, elle avait demandé à entrer en apprentissage chez maîtresse Guimier, et le père avait espéré, en le lui permettant, que le goût du métier lui viendrait, et la ferait renoncer au couvent. De la sorte, pendant un an, absente tout le jour, ne rentrant à la ferme qu'après le coucher du soleil, elle avait eu la paix. Le grand Luneau était venu rompre cette trêve.

Le parti n'était pas, sans doute, aussi beau que ceux que Annette avait déjà refusés. Mais Gerbellière, qui vieillissait rapidement, irrité d'ailleurs de la longue résistance de sa fille, fit bon accueil à la demande de Sosthène.

Annette, au lieu de répondre non, avait cherché à gagner du temps.

— Laissez-moi aller passer six mois à Pouancé pour me finir dans mon métier, avait-elle dit. Après, nous en reparlerons.

Elle espérait, à son tour, que six mois changeraient quelque chose aux résolutions de son père. Hélas ! ces six mois avaient passé comme un jour heureux ; la dernière heure en était sonnée : il fallait revenir à la Gerbellière.

Ce fut un chagrin très vif pour la jeune fille de quitter la petite maison de Pouancé où elle avait reçu une si tendre hospitalité, sa tante et ses cousines depuis longtemps averties et complices, le couvent où chaque matin elle allait prier.

Elle arriva un samedi vers midi à Marans, par la voiture du messager. Un peu avant d'atteindre la Gerbellière, elle aperçut un attelage de bœufs qu'elle connaissait bien, immobile au bout d'un champ, et un homme assis sur la charrue.

— Voilà le père, dit-elle, je vais descendre.

Le messager arrêta sa charrette. Annette sauta à terre, paya, remercia, et passa l'échalier.

Elle allait lentement, endimanchée, par la voyette du champ, inquiète de paraître devant son père et cependant contente de le revoir. Tout le long de la haie, les chatons de saule étaient déjà duvetés. Les mésanges, qui font nid de bonne heure, pendues aux branches, arrachaient la soie fine pour la couvée à venir, et ne s'envolaient pas quand Annette passait près d'elles, droite, regardant devant elle si le vieux métayer l'avait vue. Mais il ne la voyait pas, et, les yeux fixés sur la terre de son champ qui fumait, fraîchement ouverte, suivait quelque rêve triste. Quand elle fut à quelques pas de lui :

— Bonjour, mon père, dit-elle.

Il se redressa avec effort, sans se lever. Un éclair de joie et de fierté traversa son regard, quand il reconnut sa fille. Il lui trouva jolie mine et comme un air de demoiselle qui le flatta. Mais bientôt il reprit son expression chagrine.

— Bonjour, répondit-il. Tu as l'air plus vaillante qu'en partant.

– Oui, père.

– Ma sœur et mes nièces vont bien ?

– Très bien ! Elles viendront peut-être à la Saint-Martin.

– Tant mieux. Va te dévêtir et retrouver ta quenouille. Tu ne seras pas de trop chez nous. Les deux métiviers s'en vont ce soir, et je n'en ai pas encore embauché d'autres.

Il parlait doucement, sans ce tremblement qu'il avait quand il commandait, et ses bœufs, ne reconnaissant pas sa grosse voix de labour, rangés à l'ombre des pommiers, happaient quelques feuilles aux haies, et songeaient : « Ce n'est pas pour nous ».

La jeune fille reprit la voyette. Ses craintes s'étaient presque dissipées. La question qu'elle redoutait, il ne l'avait pas faite. Peut-être la lumière s'était levée en lui. Qui sait ? Pour changer les cœurs il faut si peu de chose et si peu de temps, et tant de choses arrivent dans six mois ! Elle était tout entière, à présent, à la joie du retour. L'enfant reparut en elle, et elle rentra en faisant le tour de la ferme, pour surprendre sa sœur Marie.

Chapitre XIII

Avant de souper, le père Gerbellière se rendit au bourg. Il allait prendre un soc de charrue chez le maréchal-ferrant et payer ses deux métiviers, auxquels il avait donné rendez-vous à l'auberge du Pigeon-Blanc. Il devait, en effet, ce soir-là, recevoir une somme assez ronde du charron, pour des chênes qu'il lui avait vendus.

Quand il eut passé chez le maréchal et chez le charron, il entra à l'auberge. Les deux hommes l'y attendaient. Sur le banc, près d'eux, ils avaient déposé leurs bâtons au bout desquels, noués dans un mouchoir, ils emportaient leurs maigres hardes. Le père Gerbellière fit servir une bouteille de vin blanc, causa dix minutes de sujets absolument étrangers au règlement des comptes. À la dernière trinquée seulement, et en portant le verre à ses lèvres, il dit :

— Nous sommes venus pour compter. Il vous est dû six mois, soit quinze pistoles à chacun. C'est bien de l'argent. Mais ce qui est convenu est convenu : le voilà.

Il atteignit sa bourse en filet, et, sur la table, aligna trois cents francs en pièces de cent sous.

Les journaliers le regardaient faire en silence. Quand il eut, d'un dernier coup de pouce, fait sonner sur l'épaisse planche de cerisier rouge la dernière pièce blanche, l'un d'eux dit, sans lever les yeux:

— Le compte n'y est pas.

— Tu peux compter toi-même : trente pistoles, quinze chacun, elles y sont.

— Non, c'est trente-deux pistoles qu'il nous faut.

Le métayer haussa les épaules.

– Trente-deux pistoles ! dit-il en s'animant. Si je les avais promises, je les donnerais, car, Dieu merci, je suis connu dans le pays pour bon payeur. Mais je n'ai jamais promis tant d'argent. Trente-deux pistoles ! seize pour une métive d'hiver ! Ça ne serait pas la peine de cultiver la terre, s'il fallait payer des journaliers ce prix-là ; sans parler du lard que, quatre fois la semaine, je vous ai donné, et de la millière aux fêtes. Vous gagnez plus qu'un métayer, en vérité, vous qui ne supportez ni les orages qui versent le froment, ni les grands chauds qui le dessèchent, et qui ne perdez rien, quand je perds un bœuf d'un coup de sang. Trente-deux pistoles ! Vous savez que je n'aime pas qu'on se moque de moi, les valets !

– Ni nous non plus ! dirent ensemble les deux journaliers, échauffés par le vin qu'ils avaient bu en attendant le métayer. Nous ne demandons que notre dû.

Le père Gerbellière sentit le rouge lui monter au visage. Plus jeune, il se serait peut-être battu avec ces effrontés menteurs. Mais le sentiment de sa dignité le retint. Il les regarda avec une expression dure et méprisante.

– Je n'ai qu'une parole, vous le savez, dit-il. Voilà votre compte. Vous n'aurez pas un liard de plus, mauvais gars.

Il se leva, prit son chapeau à grands bords, son soc de charrue qu'il avait déposé près de la porte, et sortit sans prendre garde aux injures et aux menaces qu'ils proféraient contre lui.

Il était nuit. La lune montait, énorme et rouge, entre les arbres. Le vieux Gerbellière, son sac sur l'épaule, s'engagea dans le chemin vert, profondément encaissé, qui conduisait à la ferme. Il maugréait intérieurement contre la difficulté qu'il y a de trouver de bons serviteurs, et se hâtait un peu, sachant qu'on devait l'attendre là-bas pour le souper.

Près de la ferme de la Méletière, il remarqua que le vesceau était beau et, un peu plus loin, qu'il faisait une nuit claire et qu'il allait geler. En montant le petit raidillon qui se trouve à mi-chemin entre la Méletière et la Gerbellière, il entendit des pas derrière lui. Il n'était pas peureux, mais il aimait à se rendre compte des choses. Il se retourna, et reconnut les deux métiviers qui cherchaient à le rejoindre. Puis il se remit en marche, de son même pas tranquille dont il suivait depuis cinquante ans sa charrue. Seulement, du coin de l'œil, il observait le talus de droite, pour y voir à temps l'ombre de ceux qui le suivaient. Les deux hommes se rapprochèrent rapidement. Tout à coup, l'un d'eux dépassa Gerbellière. Celui-ci fit un demi-tour, et se jeta le long du talus. Il était cerné. À droite et à gauche, les deux métiviers arrivaient sur lui.

— Donne-nous notre compte ! criaient-ils en le menaçant de leurs bâtons.

— Je vas vous le donner, lâches ! répondit le vieux chouan.

Il para les premières attaques avec son soc de charrue, et, le faisant tourner au bout de son bras, s'élança sur l'homme qui l'avait dépassé dans le chemin. La lourde masse de fer, sifflant dans l'air, allait s'abattre et tuer l'un des deux agresseurs avant qu'il eût pu se mettre en garde, quand l'autre asséna un coup violent sur le bras levé de Gerbellière. Le métayer poussa un cri de douleur. Le soc lui échappa de la main, et alla s'enfoncer, comme un coin, dans la terre. Le vieux était désarmé. Ses deux adversaires se précipitèrent sur lui, le bâton levé.

Avant qu'ils l'eussent atteint, il se fit un grand bruit dans la haie au-dessus du chemin, et, pêle-mêle avec des branches mortes et un tourbillon de feuilles, une masse noire tomba entre eux et Gerbellière. En même temps, un cri retentit :

— Arrière, les faillis gars !

Mais les bâtons étaient lancés. Ils s'abattirent lourdement sur la tête du nouveau venu. Elle rendit un son mat, et les deux métiviers crurent qu'elle changeait de forme. Ils se reculèrent pour voir à quel être ils avaient affaire. Un tremblement les saisit : devant eux, debout, un corps d'homme, avec une tête énorme, grosse comme un boisseau, noire, aplatie aux oreilles, où l'on ne distinguait ni yeux, ni nez ni bouche ; au bout de ses bras, en guise de mains, deux crochets doubles couleur de suie. Et cela sauta à quatre pieds en l'air, et cela courut sur le Métivier le plus rapproché, les deux crochets en avant, et cela criait :

— Attendez-moi !

Ils n'attendirent ni l'un ni l'autre, mais, fous de peur, laissant à terre leurs bâtons, les deux hommes s'enfuirent, sautèrent la première barrière pour se dérober à la poursuite de leur ennemi, traversèrent en courant des champs, des prés, des fossés, des talus, sans oser se retourner, et ne s'arrêtèrent que bien loin. Pourtant, leur ennemi ne les poursuivait pas. Dès qu'il les eut perdus de vue, il revint vers le père Gerbellière qui n'était pas, quoique sauvé, très rassuré. Il enleva le mannequin d'osier qui lui couvrait la tête, jeta dedans les deux pièges à taupes qu'il tenait à la main, et dit tranquillement :

— C'est moi, le grand Luneau.

Le père Gerbellière, doublement joyeux, et d'avoir évité un mauvais coup, et de le devoir à un être humain, sauta au cou du taupier avec un attendrissement rare chez lui.

— Ah ! mon bon gars, dit-il, tu me sauves la vie ! Comment ne t'ont-ils pas tué ?

— Moi, me tuer ? J'en ai vu d'autres, et puis j'avais mis mon casque.

— Ton panier à taupes ?

— Oui donc ; ils ont tapé dur dessus : je l'avais mis en bonnet de police, ils me l'ont mis en chapeau de gendarme.

— Je ne te demande pas ce que tu faisais par ici, dit le bonhomme à voix plus basse ; chacun a ses affaires ; mais c'est bien heureux tout de même que tu te sois trouvé au proche.

— Moi ? je revenais de la petite Jonquière.

— Suffit, je ne te le demande pas. Tu es un bon gars, Luneau, et je te revaudrai cela.

— Vous savez bien ce que je demande, répondit le jeune homme, en remettant son panier sur ses épaules.

Le vieux Gerbellière fronça le sourcil, et se tut quelques instants.

– Foi de Gerbellière, tu l'auras, dit-il ensuite ; seulement, il faudra encore espérer un peu de temps.

– J'ai de la patience assez, répondit le grand Luneau. Allons, venez, que je vous reconduise jusque chez vous. Ces faillis gars sont loin, mais c'est pour le plaisir de faire route ensemble.

Ils suivirent le chemin creux, et se séparèrent à la barrière de la Gerbellière. Le métayer, un peu honteux de cette aventure dans laquelle il n'avait point eu le dessus, lui qui n'avait pas craint deux hommes dans sa jeunesse, fit promettre à Luneau de n'en point parler. Lui-même n'en souffla mot. Mais il demeura soucieux plus d'une semaine.

Pendant ce temps-là, Annette travaillait joyeusement. Quelques jours après son arrivée, son père lui avait dit :

– Si tu veux me faire plaisir, Annette, tu laisseras tes fers et tes ciseaux pour cet été, et tu nous aideras aux champs.

– Oui, père.

Il n'avait rien ajouté. La question redoutée n'était pas venue. Annette espérait beaucoup.

Chapitre XIV

Il était huit heures du matin. Le galop d'un cheval, dans la cour de la Cerisaie, fit aboyer le chien, glousser les dindons et paraître deux femmes aux portes.

— La Framboise ! s'écria la fille de basse-cour.

— Oh ! dit mademoiselle de Seigny, ce pauvre Cab !

C'était en effet le piqueur du baron Jacques, monté sur Cab qui boitait toujours. Il sauta à terre, et, tenant son cheval par la bride, s'avança vers la jeune fille. Une lettre sortait à demi de la poche de sa veste de velours. Il la prit, et la tendit à Marthe. Marthe se pencha, regarda.

— La lettre est pour ma tante, dit-elle. Berthe, allez prévenir ma tante : elle est à la laiterie.

La Framboise examinait curieusement les bâtiments de cette Cerisaie, — le seul château qu'il ne connût pas dans un rayon de quinze lieues autour de Marans. — les toits longs des servitudes, aux ardoises moussues que la joubarbe fleurissait sur les bords, la cour mal pavée, où des vols de pigeons, des bandes de canards et de dindes se promenaient au milieu de véritables buissons de mauve, une tête d'homme ou de femme apparaissant à droite ou à gauche par une fenêtre basse, par une lucarne de grenier, et disparaissant presque aussitôt. Il y avait de vagues chuchotements derrière les portes.

— On ne voit donc guère de monde ici ? pensait la Framboise. Ils ont l'air tout ébaubis.

Il jetait aussi de temps en temps un coup d'œil sur la jeune châtelaine, ayant entendu dire, dans le pays, que son maître ferait bien de l'épouser. Et vraiment il approuvait le choix, et se disait mentalement :

— S'ils se marient tous deux, la Framboise restera à leur service.

— Toujours boiteux, ce pauvre Cab ? demanda Marthe.

— Oui, mademoiselle, pour la vie, et monsieur me l'a donné. Il en acheté un autre qu'il appelle d'un drôle de nom : Fre… Fri… non, Fragonard.

— Ah ! vraiment, fit-elle, Fragonard ?

— Mademoiselle trouve ce nom-là joli, je le vois bien. Moi, j'aime mieux Cab. Quelle bonne bête, et quel dommage qu'elle soit boiteuse ! Je ne comprends guère M. le baron.

— Pourquoi donc, la Framboise ?

— Les premiers jours, monsieur paraissait triste de l'accident ; je comprenais ça, car je l'étais aussi. Eh bien ! ce matin, comme je sellais Cab, dans l'écurie, il m'a dit :

— Tu vois bien que Cab ne guérira jamais.

— M'est avis, en effet, monsieur Jacques.

— On m'en offrirait mille écus que je ne le vendrais pas.

— Oh ! monsieur Jacques, il n'y a guère de chance qu'on vous en offre ce prix-là.

— Tu n'as pas idée, François (monsieur m'appelle François chez nous), combien je suis content que cet accident soit arrivé. Je l'aime mieux qu'avant, ce pauvre Cab… Moi, mademoiselle, je ne comprends pas M. le baron, car enfin, un cheval boiteux…

Elle comprenait bien, elle, la petite Marthe de Seigny, et si mademoiselle d'Houllins n'était venue l'interrompre, elle eût certainement continué la conversation avec le naïf la Framboise.

— Vous avez une lettre pour moi ? dit la vieille demoiselle, qui arrivait en trottant d'une allure de chatte maigre.

– Voici, mademoiselle.

– De votre maître, ajouta-t-elle, dans les notes hautes de sa voix, de M. le baron de Lucé… C'est bien de l'honneur, bien de l'honneur qu'il me fait : attendez là.

Elle se faufila dans le corridor, en passant à côté de Marthe qui, demeurée sur le seuil, appela la fille de basse-cour.

– Victoire, dit-elle, vous donnerez un verre de cidre à la Framboise et un picotin à Cab.

Puis elle alla retrouver sa tante.

Mademoiselle d'Houllins arpentait le salon, la lettre à la main. Ses doigts froissaient le papier. Par-dessous ses lunettes, elle y jetait des regards peu tendres, et ses lèvres pincées marmottaient quelque chose d'inintelligible. Après avoir fait deux ou trois tours, sans paraître s'apercevoir que Marthe était là, elle s'arrêta devant elle, et, croisant les bras:

– Croirais-tu que ce jouvenceau a eu l'audace de m'envoyer une invitation ? Tiens, lis, ma chère, le billet n'est pas long.

La jeune fille prit la lettre des mains de sa tante, et lut ceci:

« La Basse-Rivière, 3 juin.

» Le baron de Lucé fera pêcher demain, à une heure, dans la Fosse aux Perches. Il serait heureux si mademoiselle d'Houllins, au double titre de voisine et de riveraine, voulait bien lui faire l'honneur d'assister à la pêche. »

Mademoiselle d'Houllins se trouvait fort embarrassée. Elle gardait encore rancune à son voisin du ridicule qu'elle s'était elle-même attiré par sa conduite envers lui, suivant l'usage ordinaire qui est d'en vouloir à autrui des sottises qu'on commet soi-même. Un peu trop jeune pour apprécier à sa valeur la merveilleuse recette du silence, Jacques de Lucé ne s'était pas fait faute de raconter sa première visite à mademoiselle d'Houllins. L'histoire avait eu du succès. Bubusse était devenu légendaire, et le lièvre, cause innocente de tant de bruit, coup de fusil, querelle et procès, courait encore de temps en temps dans les conversations des châtelains des environs.

Mademoiselle d'Houllins savait tout cela. L'éclat de rire moqueur qu'elle avait provoqué bourdonnait encore à ses oreilles. Aller à la Basse-Rivière sans avoir reçu d'excuses, se retrouver face à face avec Jacques de Lucé, et chez lui, elle ne pouvait s'y résoudre. D'un autre côté, refuser une invitation, prolonger la crise, c'était maladroit : elle le sentait.

Marthe se trouvait prise pour arbitre.

Avec cet instinct diplomatique dont les femmes sont douées dès leur enfance, et qui est cause de tant de merveilleux dénouements autour d'elles, la jeune fille avait deviné le problème à résoudre, et tenait déjà la solution.

— Eh bien ! ma tante, fit-elle d'un ton indifférent, c'est une avance.

— Une avance bien légère, après son inqualifiable conduite !

— Comment voulez-vous qu'il fasse mieux ? Il n'aura pas osé venir lui-même ici, de crainte de vous paraître audacieux. Il vous écrit. L'attention est aimable, les termes sont très polis : vraiment, cette lettre ne peut vous offenser.

— Elle ne m'offense pas non plus. Mais l'invitation est inacceptable : me rendre seule chez lui, c'est au-dessus de mes forces ; m'y rendre avec toi, c'est impossible.

Marthe resta quelque temps silencieuse, relisant la lettre qu'elle savait par cœur. Puis elle dit :

— Aller chez lui, peut-être… mais il y aurait un moyen.

— Et quel moyen trouvez-vous donc dans votre petite tête, mademoiselle, puisque moi je n'en ai pas trouvé ?

— Voyez, ma tante… M. de Lucé vous traite de voisine et de riveraine. Eh bien ! comme riveraine…

— Tiens, tiens ! accepter comme riveraine ? Assister à la pêche sur nos terres et sans fouler les siennes ? Voilà une idée.

– Il me semble, en effet, que cela concilie tout.

– Oui, vraiment : une vraie trouvaille que tu as faite là.

– C'est pour une heure, ma tante.

– Puisque nous serons chez nous, je t'emmène, petite. Seule, je m'ennuierais trop.

– Comme vous voudrez, répondit Marthe négligemment.

La partie était gagnée. Mademoiselle d'Houllins traça les lignes suivantes sur une feuille bleue, qui portait sa date antique sur les rebords fanés que le temps fait au papier :

« Mademoiselle d'Houllins, au double titre de voisine et de riveraine, remercie monsieur de Lucé de l'avoir prévenue de la pêche qui aura lieu dans la Fosse-aux – Perches, cet après-midi. Elle y assistera dans le pré des Olivettes, qui appartient à sa nièce. »

La Framboise repartit avec cette réponse, dont la vieille demoiselle était si satisfaite, qu'elle fut d'une humeur presque égale de neuf heures à midi.

Quand midi sonna, elle alla s'apprêter en maugréant. Depuis dix minutes déjà, on entendait Marthe qui chantait à sa fenêtre, prête à partir.

Pour ne pas déchirer, l'une sa jolie robe mauve, l'autre sa robe de tartan noir, aux échaliers des champs, Marthe et sa tante prirent le chemin de Marans. Elles traversèrent le bourg, et arrivèrent à une heure au pré des Olivettes. À la barrière, elles trouvèrent Jacques de Lucé. Mademoiselle d'Houllins fit un pas en arrière. Il s'inclina, et lui dit avec cette courtoisie de bonne humeur dont il ne se départait que bien rarement :

– Je vous remercie vivement, mademoiselle, d'avoir accepté mon invitation. J'ai peur seulement que la pêche ne vous intéresse guère. Nous vous avons attendue pour la commencer. Vous serez très bien pour la voir au bout des Olivettes, mais comme il y a plusieurs petits fossés dans votre pré, et que l'herbe est haute, voulez-vous me permettre de vous donner le bras ?

– Volontiers, dit-elle.

Ils passèrent devant, et, dans le court trajet qu'ils firent ensemble, le baron et mademoiselle d'Houllins, réconciliés, causèrent de vingt sujets. M. de Lucé promit notamment à sa voisine d'opérer un certain échange de terres auquel elle tenait beaucoup. Arrivée à l'extrémité du champ, mademoiselle d'Houllins était aussi radieuse qu'elle pouvait l'être.

– Au revoir, mon voisin, dit-elle au jeune homme qui prenait congé d'elle pour aller retrouver les pêcheurs.

– À bientôt, mademoiselle.

Puis, saluant Marthe, il alla rejoindre sur l'autre bord de la rivière, un peu en aval, plusieurs voisins et voisines, également invités et qui, n'entretenant que de rares relations avec la Cerisaie, se contentèrent d'un salut et de quelques mots de bienvenue à l'adresse de mademoiselle d'Houllins et de sa nièce.

Près d'eux, causaient et riaient quinze gars du pays, vêtus de leurs plus vieux habits, chaussés de sabots et armés, la plupart, de longues perches terminées par un marteau de bois, en langue locale, des ribots. Cinq seulement ne portaient pas de bâton, et tenaient un de ces larges filets en forme de poche, montés sur un demi-cercle de bois et traversés par un manche, que l'Académie nomme trouble, et que dans le dialecte populaire on appelle bâches.

La petite rivière avait été barrée à cinq cents mètres environ de l'écluse, la vanne ouverte, et la plus grande partie de l'eau s'était écoulée. Il restait seulement des fosses plus ou moins profondes, une succession d'étangs séparés par des chaussées de vase. La chaleur était extrême. L'air embrasé dansait au-dessus du sol fendu en mille endroits. On sentait un orage en formation. Sur les berges, les feuilles de nénuphar et les roseaux, demeurés à sec depuis le matin, se fanaient et se tordaient déjà sous l'action du soleil. On y pouvait suivre de l'œil, dans la boue encore molle, de longues raies se croisant en tous sens, qui indiquaient les pérégrinations nocturnes des anguilles surprises par la baisse rapide de l'eau. Des fagots pourris apportés par les crues d'hiver, des racines d'arbres enchevêtrées, d'où sortaient d'énormes gerbes d'herbes fluviales, tapissaient çà et là le fond des fosses : obstacles à la pêche, écueils où se déchirent les filets, où les lignes se mêlent et cassent, mais retraites sûres pour le poisson. Rien n'annonçait cependant qu'il y en eût là, pas une ride sur l'eau, pas un remous : tout semblait mort.

Les quinze gars de Marans combinaient entre eux l'attaque, et ne doutaient pas du succès.

– Nous commençons par l'écluse, cria le baron Jacques, du bout du pré. À moi, mes amis, et en avant !

Deux minutes plus tard, les pêcheurs se mirent à l'eau. Les bâcheurs tendirent leurs troubles à l'entrée des cavernes formées par les racines, dans les endroits profonds et remplis d'herbes, tandis que les riboteurs, postés deux à deux, à droite et à gauche, frappant l'eau, fouillant la vase, épouvantaient le poisson, et le poussaient dans le filet. Au premier bruit, plusieurs brochets, des perchaudes au corps zébré, aux nageoires rouges, s'étaient élancés hors de la fosse, et, remontant le mince filet d'eau qui la reliait à la fosse voisine, avaient provisoirement échappé. Mais combien d'autres n'échappaient pas ! Chaque fois qu'une trouble se relevait, c'étaient dix, vingt, trente gardons frétillant dans la poche, des brèmes vertes, des brochetons, une anguille qui cherchait à forcer les mailles avec son museau, parfois une carpe ou une perche et des goujons à la douzaine. Des cris de joie partaient de la prairie, car les enfants du bourg étaient accourus en masse, et quand les bâcheurs, d'un tour de leurs bras noirs de vase, lançaient en l'air les poissons qui retombaient sur la rive, éparpillés, les écoliers courant, sautant, criant, les ramassaient, et les jetaient, morts ou vifs, dans des baquets pleins d'eau. De temps à autre seulement, quand une grosse pièce avait été prise, un des pêcheurs, la tenant par les ouïes, sortait de la rivière, et tout fier, tout rouge, traînant à ses sabots des rubans d'herbe boueux, allait la mettre lui-même en lieu sûr.

Quand la première fosse eut été complètement explorée, on passa à la seconde. La chaleur était intolérable sur les bords de la rivière, dénudés en cet endroit. Quelques-uns des invités se rapprochèrent du château. Le baron Jacques quitta aussi le lieu de la pêche, et remonta lentement le cours de l'eau, sous prétexte d'inspecter le barrage et de s'assurer qu'il était bien étanche. Les arbres groupés des deux côtés de la rivière, près du pré des Olivettes, l'attiraient, et plus encore l'aimable Marthe qui se reposait à leur ombre.

Le pré des Olivettes avait la forme d'un triangle. Une de ses pointes touchait la rivière, qui tournait autour de cette pointe devenue presqu'île. Des aulnes d'une belle venue, un chêne, des noisetiers sauvages, formaient un bosquet naturel dans cette partie du pré, et comme l'autre bord était également boisé, les branches se rejoignaient au-dessus du ruisseau. On eût dit que l'eau courait dans une charmille. Elle était en cet endroit plus transparente qu'ailleurs : peut-être à cause des bancs de roseaux qui s'étendaient en amont, et la filtraient au passage, peut-être à cause du lit de feuilles et de mousse qui tapissait le fond. Toute la verdure des bords s'y reflétait, depuis les petites graminées jusqu'aux chênes. On y voyait passer les oiseaux qui volaient dans les arbres. Au moindre souffle, toute la voûte verte s'y balançait sans que la surface fût même ridée : le vent n'atteignait pas là. C'était une retraite charmante, qui portait à la rêverie.

Et Marthe y rêvait. Pendant que sa tante d'Houllins s'asseyait à trente pas en arrière, le long de la haie, et, vaincue par la chaleur, peut-être aussi par le livre qu'elle tenait sur ses genoux, s'abandonnait au sommeil, la jeune fille avait cherché un endroit commode d'où elle put suivre de loin la pêche sans s'exposer au soleil, l'avait trouvé à la pointe des Olivettes, et s'était posée là, sur le tronc d'un aulne abattu.

Nous venons de dire qu'elle y rêvait. À qui ? Sans doute un peu à ce jeune voisin qui, dans le même instant, s'approchait sur l'autre rive du ruisseau. L'avait-elle vue ? Avait-elle deviné son approche au froissement des herbes, à la fuite effarouchée d'un martin-pêcheur qui s'était perché, tout bleu et or, en face d'elle ? Elle avait l'air très candide, le sourire d'une pensée intime et tranquille plissait très finement sa bouche et ses yeux bleus, sa main droite tenait une ombrelle, et sa gauche retombait négligemment au niveau des herbes du pré, qu'elle tourmentait.

Jacques la voyait. Il avait pris une allure délibérée, levait la tête, regardait la rivière, s'arrêtait, et se retournait pour n'avoir pas l'air de venir surprendre la jeune fille, mais son pas était d'un brigand : il en étouffait le bruit avec le soin le plus scélérat, marchait volontairement sur les touffes épaisses de ce trèfle appelé mignonnette, qui sont communes dans les prés, évitait les nids de feuilles mortes, et jetait fréquemment un coup d'œil entre deux arbres pour voir s'il était découvert. Idée d'amoureux : approcher sans être reconnu, la considérer un instant dans son attitude naturelle et reposée, lire peut-être sur son visage le mot qu'il y cherchait, se montrer, jouir de la surprise, et s'excuser d'être venu si étourdiment interrompre ses méditations, tel était le projet.

Il réussissait à souhait : mademoiselle de Seigny ne levait pas les yeux.

Jacques de Lucé parvint jusqu'en face du pré des Olivettes, et se tint debout entre deux souches couvertes de lierre. Elle était là tout près. Il la regardait, ému doucement, prêt à la saluer d'un bonjour amical. Elle ne bougea pas.

— Est-ce étrange, pensa-t-il, qu'elle ne m'ait pas vu !

Il étendit les bras, et, se retenant aux troncs des arbres, se pencha au-dessus de l'eau, espérant que ce mouvement éveillerait l'attention de la jeune fille.

Elle demeura immobile.

Mais les premières gouttes d'une pluie d'orage commencèrent à tomber. L'une d'elles, perçant le feuillage, heurta la surface de l'eau, et rejaillit. Instinctivement, Jacques l'avait suivie des yeux. Le petit lac, un instant ridé, reprenait déjà son calme. Le jeune homme s'aperçut alors que son image se projetait jusqu'au milieu du ruisseau, et que c'était là, peut-être, le point tout voisin d'elle que Marthe fixait. Elle regardait en bas, il regardait devant lui : ils se voyaient tous deux. En même temps, mademoiselle de Seigny se leva.

— Mon voisin, dit-elle, c'est mal à vous de surprendre ainsi les gens !

Elle attendait, essayant de sourire, inquiète au fond de ce qu'il allait répondre.

— Oh ! ne m'en veuillez pas, dit-il, puisque nous sommes réconciliés depuis une heure. Si vous saviez, mademoiselle, comme je suis heureux ! Mademoiselle d'Houllins a tout oublié. Pour moi, c'était fait depuis longtemps...

— Elle dort, dit Marthe tout doucement, en inclinant son ombrelle.

— Où donc ?

— Tout à côté.

— Nous allons être de vrais voisins désormais, reprit à demi-voix Jacques de Lucé. Je vais pouvoir me présenter à la Cerisaie, où vous m'avez si bien accueilli, vous, mademoiselle.

— Oh ! monsieur !

— J'ai bien souvent pensé, depuis, à cette heure où je vous ai retrouvée, après douze ans, la même encore et si... charmante...

Elle écoutait maintenant, les yeux baissés, sérieuse ; elle avait envie de partir et de rester. Il continua :

— Oui, ce souvenir m'est souvent revenu, et c'est lui, je crois, qui m'a amené ici. Pardonnez-moi si je vous ai surprise : j'avais peur, en faisant du bruit, de faire envoler l'apparition...

— Jacques ! Jacques ! où es-tu ? viens donc, une carpe superbe ! cria un des amis du baron.

— Marthe, ma fille, gémit mademoiselle d'Houllins réveillée par la pluie, viens vite, il pleut !

La jeune fille se détourna rapidement, et quitta le bosquet des Olivettes. Jacques vit sa robe mauve disparaître derrière les noisetiers.

— Qu'as-tu, mon enfant, tu pleures ? dit mademoiselle d'Houllins quand Marthe fut près d'elle.

— Rien, ma tante, répondit-elle, les premières gouttes d'orage.

Chapitre XV

Le baron Jacques ne dormit guère le jour qui suivit.

Dès la première heure du jour, il se leva, ouvrit toute grande sa fenêtre, s'assit à son bureau, et écrivit d'un trait la lettre que voici à mon grand-père:

« Mon cher ami,

» Vous triomphez. J'en suis amoureux, amoureux fou, au point de penser à elle au lieu de dormir, et de nommer mon cheval Fragonard, comme son chat. Il y a déjà longtemps que j'ai commencé à l'aimer, et je ne m'en aperçois qu'à présent ! Quand j'ai si heureusement donné un effort à Cab pour son service, je crois que je l'aimais déjà, car enfin, mon ami, on ne jette pas un pur sang dans la boue, on ne lui met pas au cou un collier de labour pour une indifférente. Et depuis, un de mes bonheurs, c'est d'aller voir le pauvre animal boiter dans les prés. J'ai passé ma nuit à me représenter le coin des Olivettes, car elle est venue là hier, presque chez moi, sur mon invitation, et la vieille tante aussi : le lièvre est oublié. Je revoyais sa robe mauve, son sourire aimable et ses yeux baissés. Si vous l'aviez vue, mon ami ! Votre petite liseuse de Watteau, que vous aimez tant, n'approche pas de sa grâce angélique. Je ne pouvais me lasser de la regarder. La pluie est tombée ; cet imbécile de Gontran m'a appelé ; la tante s'est mise à gémir : elle est partie. Et moi qui allais peut-être savoir ce qu'elle pense, connaître sa réponse, une réponse d'où dépend mon sort, à présent ! Car, j'y suis très décidé : si elle me refuse… Mais non, je n'ai pas encore à vous parler de ce que je ferais en pareil cas, Dieu merci… J'ai même quelque espérance : je crois bien qu'hier elle me voyait dans l'eau. L'affirmer, c'est bien audacieux ! Le supposer, c'est si doux, mon ami ! Songez donc : elle, me regarder, là, tout amicalement, pendant deux minutes peut-être. Ah ! si j'en étais sûr !

» Vous comprenez que cette incertitude ne peut durer. Il faut que vous veniez ici, et que vous la demandiez pour moi. Mon oncle ne veut se mêler de rien : « Surtout pas de lettres à écrire, pas de voyage ! » ce sont ses dernières paroles. Je ne puis pourtant pas aller la demander moi-même ? Vous êtes plus âgé que moi, vous êtes mon ami, et vous la connaissez. Elle a pour vous beaucoup d'estime. Vous ne me refuserez pas ce service d'aller la demander pour votre ami Jacques. Je vous en serai toute ma vie reconnaissant.

» Alerte donc, mon ami ! Passez votre habit vert, montez dans le coche : j'irai vous prendre à Segré. Vous descendrez chez moi. Je vous conduirai jusqu'aux portes de la Cerisaie. Je vous attendrai là, au coin d'un champ. Vous reviendrez, et, selon la réponse, je serai le plus heureux ou le plus malheureux des hommes.

» JACQUES. »

« P. -S. – J'ai reçu de notre ami Jules une lettre enthousiaste du Canada. »

Quand il eut terminé cette lettre, il la relut, la trouva suffisamment claire et pressante. Il la cacheta et appela François.

— François, tu vas seller Cab, et porter cette lettre chez madame Giron.

— Oui, monsieur Jacques.

— Tu lui diras de la décacheter et d'ajouter ce qu'elle voudra. Tu lui diras aussi que j'irai la voir cet après-midi.

— Oui, monsieur Jacques.

— Elle te rendra la lettre dans une autre enveloppe. Tu la prendras, et tu la porteras à Segré, aux messageries. C'est compris ?

— Oui, monsieur Jacques.

Le brave garçon s'acquitta ponctuellement de la commission. Il sella son cheval, fut rendu au bourg en cinq minutes, et trouva ma tante Giron qui s'apprêtait pour aller à la messe. En lisant, elle ne put retenir vingt exclamations, auxquelles François ne comprit rien.

– Enfin, le voilà qui se décide !… Oui, oui, le coin des Olivettes, je vois ça… Il ne sait pas si elle le regardait ! Comme c'est difficile à voir !… Mon frère refuser ? jamais. – Toute ma vie reconnaissant… le plus heureux ou le plus malheureux…, tu, tu, tu… on connaît ça… Il est fou, ton maître, François, il est fou !

Et elle avait sa bonne figure contente en disant cela. Elle prit sa plume, et ajouta :

« Mon frère,

» Je ne sais si vous comprendrez facilement tout ce que M. Jacques a voulu vous marquer dans cette lettre. Mais vous comprendrez sans peine qu'il est amoureux de mademoiselle Marthe, et qu'il vous prie de la demander en mariage pour lui. Ce serait un événement très heureux pour la paroisse, et pour eux deux. Le curé le désire, et moi aussi. Faites donc diligence autant que vous le pourrez. Seulement, au lieu de vous attendre dans un champ de la Cerisaie, ce qui ne serait pas selon les convenances, il vous attendra chez moi.

» À bientôt, mon frère.
» Votre sœur et servante,
« MARIE GIRON. »

François reprit la lettre, et piqua des deux dans la direction de Segré. Ma tante Giron sortit de chez elle, et entra dans la vieille église.

Deux heures plus tard, Jacques de Lucé se mettait en route pour venir la trouver. Attendre l'après-midi lui paraissait trop long. Il lui fallait parler de Marthe à quelqu'un, appuyer ses espérances aux espérances d'un autre, trouver un écho à cette chanson d'amour qui maintenant chantait en lui. Tantôt un sourire lui montait aux lèvres, et tantôt une larme aux yeux : larme et sourire, c'était de la joie. Ses souvenirs d'enfance jetaient une note émue dans l'hymne triomphal de sa jeunesse. Cette petite Marthe, il la revoyait enfant, avec de grands cheveux bouclés, à la sortie de la messe du dimanche, près de son père, vieillard un peu courbé, qui ne manquait jamais de venir saluer madame de Lucé, et pendant ce temps-là, les deux petits se regardaient, les parents, avec un sourire, les poussaient l'un vers l'autre, et Marthe lui prenait la main, et lui, boudeur, retirait la sienne. Comme c'était loin ! Il cherchait à se rappeler quand il avait commencé à l'aimer, et s'étonnait d'avoir commencé. Et puis ce bonheur nouveau l'emportait comme un souffle impétueux vers l'avenir, et le ramenait ensuite au passé.

Il allait, le front levé, dans les voyettes des champs. Le seigle, tout épié, frissonnait au vent. Il y avait un nid dans chaque buisson, un merle à la pointe de tous les chênes.

Chapitre XVI

Quand il eut rejoint la route de Segré à Marans, il sauta lestement la haie, et retomba dans le chemin.

– Bonjour, monsieur le baron ! dit une grosse voix essoufflée, tout près de lui.

C'était maître Talute, notaire de Segré, qui arrivait à pied de la petite ville.

– Tiens, c'est vous ? dit le jeune homme, un peu contrarié de cette diversion. Où allez-vous ?

– J'allais vous prendre.

– Pour aller ?

– À la Cerisaie.

– Impossible, mon cher Taluet, je suis obligé de m'arrêter dans le bourg.

– Permettez, monsieur le baron, je ne venais pas vous prier de m'accompagner pour le plaisir et l'honneur que j'aurais eus de faire route avec vous. C'est un service que je vous demande.

– Quel service ?

– D'être témoin dans un testament. Il me serait difficile de trouver en peu de temps les quatre témoins obligatoires, dont deux lettrés, et cela presse.

– À la Cerisaie ? Est-ce que le père Gerbellière est malade?

– Non : mademoiselle d'Houllins.

— Mademoiselle d'Houllins, c'est impossible !

— C'est pourtant vrai.

— Je l'ai vue hier soir.

— Frappée de paralysie partielle ce matin à cinq heures. J'ai été prévenu à sept. Mon cheval est malade. Vous voyez : j'accours à pied et tout essoufflé... Mais qu'avez-vous donc, monsieur le baron ? Vous êtes tout pâle. Je croyais que vous saviez la nouvelle. Vous demeurez si près... Voyons, voyons, il faut se raisonner... C'est dans l'ordre de la nature...

— Dites-moi franchement, interrompit le jeune homme, je vous suis nécessaire ?

— Vous m'êtes très utile. Si vous n'acceptez pas, je serai obligé de courir à la recherche de mes témoins, et mademoiselle d'Houllins peut mourir sans testament.

— Eh bien ?

— Eh bien ! vous êtes superbe : je n'hérite pas d'elle, ni vous non plus ; mais je suppose qu'elle veuille avantager quelqu'un, sa nièce peut-être, ou ses cousins de la Bresse : oh bien ! vous aurez empêché sa dernière volonté de se réaliser !

— C'est que, précisément, je suis dans une situation délicate vis-à-vis...

— Votre ancienne histoire ?

— Non, pas cela, dit le baron.

— Bah ! reprit maître Taluet, au lit de mort tout s'oublie. Venez.

Peu de minutes après, ils traversaient le bourg.

Pendant que le notaire allait demander au forgeron de lui servir de second témoin, Jacques s'avança rapidement vers le logis où, tout à l'heure, il se réjouissait tant d'arriver. Ma tante Giron était sur le seuil. Elle le vit tout ému, prêt à pleurer.

— Mon pauvre enfant, dit-elle, j'ai appris cet affreux malheur en sortant de la messe. Je venais d'ajouter un mot à votre lettre, et je vous espérais, si contente. Ne vous attardez pas ici. Je vais moi-même à la Cerisaie pour consoler cette petite Marthe et l'aider. Allez vite, allez !

Le notaire, le baron et le forgeron prirent le chemin de Vern, hâtant le pas, car la fille de Chanteloup venait de dire que la demoiselle de la Cerisaie était au plus mal.

La route leur parut longue à tous pour des raisons diverses. Ils passèrent devant la Gerbellière, s'adjoignirent deux petits closiers qui demeuraient auprès, tournèrent à gauche, et entrèrent dans la cour du vieux manoir. Personne : au premier étage seulement, le notaire ayant frappé à une porte, une servante ouvrit.

Le curé était déjà là depuis longtemps, à genoux près du lit. Une des servantes allait et venait ; l'autre, assise à côté du chevet de sa maîtresse, portait à la main un cierge allumé, et « l'éclairait mourir ». Tout au fond, dans l'ombre, agenouillée, Marthe regardait tour à tour ces mains maigres, immobiles sur le drap du lit, ce pauvre visage encadré de mèches grises, blanc comme l'oreiller, et pleurait. Mais, à travers ses larmes, elle veillait à tout. La malade tourna lentement les yeux du côté de la porte qui s'ouvrait, et remua les lèvres. Marthe se pencha.

– Elle demande du vin, dit-elle. Allez vite, Berthe, voici la clé.

La jeune fille s'était levée en voyant entrer le notaire et les témoins. Elle reconnut Jacques, et le remercia d'un regard aussitôt détourné vers le lit de la mourante. Lui, très troublé, contemplait cette scène de deuil et la douleur de ce jeune visage.

– Monsieur le curé, dit le notaire, mademoiselle d'Houllins ne parle plus, n'est-ce pas ? Le testament est impossible.

À ce moment, les lèvres de la mourante s'agitèrent de nouveau, et l'on entendit ces paroles très faiblement :

– Je veux faire mon testament ; donnez du vin, je le pourrai.

Elle ferma les yeux. Toute sa force avait passé dans ce petit souffle. La domestique, qui était descendue en toute hâte à la cave, remonta avec un flacon de vin d'Espagne.

La malade en but difficilement plusieurs gorgées, mais ce peu lui rendit quelque énergie. Elle ressaisit pour un instant la vie qui lui échappait.

— Approchez, dit-elle, hâtons-nous.

L'abbé Courtois, Marthe et les domestiques se retirèrent. Le notaire et les témoins restèrent seuls dans la chambre. Le curé entra avec Marthe dans le salon.

Ils y trouvèrent ma tante Giron, qui venait d'arriver. La jeune fille s'assit près d'elle, sur le vieux canapé, et, lui passant les bras autour du cou :

— Cette fois, dit-elle, je n'ai plus personne !

— Et Dieu ? répondit le curé.

— Et nous ? reprit ma tante Giron. Elle ajouta tout bas :

— Et lui ?

Un demi-sourire passa sur le visage en larmes de la jeune fille.

— Oui, dit-elle, il est là… Mais qui connaît le lendemain ?… Voyez hier… Comme c'est loin déjà !

Puis, se détournant de cette pensée, elle raconta la douloureuse matinée qui s'achevait : le coup de sonnette à cinq heures, sa surprise, sa terreur bientôt, l'affolement de tous, le père Gerbellière qui court avertir le prêtre, le métivier qui galope sur la route de Segré et ces mille détails, ces moindres mots des heures suprêmes, que la mort grave avec un poignard dans nos âmes oublieuses. Elle s'arrêta plusieurs fois pour écouter. La porte de l'appartement était restée ouverte. Mais personne ne descendait, personne n'appelait. Seul, le vent errait le long des corridors en sifflements tristes.

— Si vous m'en croyez, dit le curé, nous réciterons le chapelet pour l'âme qui va partir.

Les deux femmes se mirent à genoux sur le tapis, près de lui, faisant face à la porte. L'abbé Courtois commença la prière. Elles répondirent. Quelques minutes s'écoulèrent. Tout à coup, Marthe s'arrêta de répondre. Tandis que le curé continuait, elle prêtait l'oreille, les yeux fixés en avant. Un homme descendait l'escalier. Il était seul, il allait vite. C'était Jacques. Un instant après, il passait devant le salon, sans regarder, sans saluer, sans s'arrêter, cachant sa figure avec sa main droite. Marthe courut à la fenêtre. Elle le vit sortir par la prairie. Il avait l'air égaré. Il se jeta derrière les arbres, et disparut.

– Mon Dieu ! s'écria-t-elle, qu'y a-t-il ? Elle monta rapidement l'étage, et rencontra, sortant de la chambre de mademoiselle d'Houllins, le notaire et les trois témoins.

– Elle est morte ?

– Non, mademoiselle.

– Je l'ai cru, M. de Lucé avait l'air si ému... Pourquoi est-il parti ainsi?

– Mademoiselle, répondit le notaire en s'inclinant, je crois M. le baron de Lucé extrêmement impressionnable.

128

Chapitre XVII

Mademoiselle d'Houllins expira vers onze heures. L'abbé Courtois et ma tante Giron l'assistèrent jusqu'au bout de leurs prières et de leurs soins. Quand elle fut morte, leur sollicitude se tourna vers l'orpheline. Ils demeurèrent longtemps avec elle, la consolant, adoucissant de leur mieux l'amertume de la première douleur. L'après-midi s'avançait déjà quand ils quittèrent la Cerisaie.

Ils sortirent par la cour, et prirent le chemin qui longeait la Gerbellière et les ramenait au bourg, tous deux émus de la mort de mademoiselle d'Houllins et de la solitude où allait se trouver Marthe.

– Quel dommage, disait l'un, qu'elle ne soit pas déjà mariée !

– C'est bien votre faute, monsieur le curé, répondait l'autre, qui ne manquait jamais l'occasion de contredire l'abbé Courtois : si vous aviez raisonné mademoiselle d'Houllins, ces sottes histoires de chasse auraient été oubliées et les jeunes gens mariés depuis longtemps. À présent, que va-t-il se passer ?

– Elle est toujours bien libre de ne pas retourner dans la famille de sa mère et de rester ici. Elle est majeure depuis trois semaines, et n'a de compte à rendre à personne.

– Si la majorité empêchait les sottises, je serais sans inquiétude, mais c'est souvent le contraire.

– Quitter la paroisse, elle, je voudrais voir ça, par exemple? Mais non, madame Giron, vous vous montez la tête sans motif. Ce serait une folie, et une ingratitude, et une désobéissance aux vœux de son père. Or, elle n'est ni folle, ni ingrate, ni oublieuse, vous verrez bien.

Ils continuèrent à discuter cette hypothèse, en suivant le chemin vert. C'était le temps de la fenaison. Des poignées d'herbe sèche pendaient aux buissons, et, sous le couvert des souches, l'odeur du foin se mêlait à celle des fleurs de ronces. Dans le grand pré de la Gerbellière qui borde le chemin, on fauchait justement ce jour-là. Le curé et ma tante Giron s'arrêtèrent à la barrière. Toute la ferme était dans le pré : en avant, dans la plus longue trouée, le vieux métayer, tout blanc, nu-tête, taillait comme un jeune homme dans l'herbe épaisse, à grands coups de faux ; après lui venaient deux métiviers loués pour la récolte et des voisins qu'il avait priés de lui aider, car le temps était propice, et le temps change vite. Les femmes se tenaient en arrière, dans la partie déjà fauchée du pré. Elles retournaient l'herbe à demi séchée, qui s'éparpillait au bout des fourches. D'une haie à l'autre, elles s'appelaient et causaient. Leurs éclats de voix couraient dans la campagne, jusque dans les prés voisins, d'où revenait, comme une réponse, le vague murmure d'une autre métairie en fenaison. Les hommes, eux, absorbés par leur rude tâche, se taisaient. Leurs faux seules parlaient sans relâche, et luisaient dans le soleil ardent.

Marie et Annette étaient tout près de la barrière : Annette, avec son teint toujours clair et son air triste ; Marie, la cadette, grande, active et rouge. Quand Annette vit le curé et ma tante Giron apparaître près d'elle, elle fit un petit salut de la tête, et se détourna à moitié sans interrompre son travail. Marie s'arrêta de faner, et vint à la barrière. Ma tante parla quelque temps de la mort de mademoiselle d'Houllins, que les Gerbellière savaient déjà, puis, changeant brusquement de sujet :

— Eh bien, Annette, dit-elle, te voilà revenue de Pouancé ?

— Oui, madame Giron, répondit la jeune fille à demi-voix, en jetant un coup d'œil sur les femmes les plus rapprochées d'elle, comme si elle avait peur d'être entendue.

— Et ton père t'a remise aux champs ?

— Comme vous voyez, il a besoin de moi.

– Et puis, il n'aime guère ton métier, et je crois qu'il ne serait pas fâché de te voir devenir métayère ; certain gars de ma connaissance le voudrait bien aussi. Tu sais qui je veux dire ?

Annette ne répondit pas, mais, toute confuse et sentant les larmes lui monter aux yeux, elle regarda le curé, comme pour implorer son intervention. Le visage de l'abbé Courtois avait pris tout à coup l'expression sévère et digne qu'il avait toutes les fois qu'il exerçait un devoir de sa charge.

– Si vous m'en croyez, dit-il, madame Giron, venez-vous-en, et laissez cette fille en paix.

Ma tante Giron, très étonnée, mais comprenant que le curé n'agissait pas sans un motif grave qu'elle ignorait, quitta la barrière, et le suivit.

Quand ils se furent éloignés de quelques pas :

– Vous avez trop parlé, madame Giron, dit le curé, cette fois-ci et une autre fois encore. Annette a mieux à faire que de songer à vos amoureux. Dieu la demande. Elle a la vocation religieuse.

– Ah ! mon Dieu, je n'en savais rien, monsieur le curé !

– Il est grand temps que vous le sachiez. Oui, Dieu l'appelle, et le malheur, c'est que le père ne veut pas la laisser partir.

– Lui, Gerbellière ?

– Depuis deux ans qu'elle lui demande d'entrer en religion, il lui répond qu'il veut la marier. Elle n'a pas varié, la pauvre fille, ni lui non plus, le païen. Elle avait un peu espéré, au retour de Pouancé, parce qu'il l'avait bien reçue. Mais voilà plus d'une semaine qu'il est redevenu brutal avec elle. Il ne lui dit rien, mais elle sait bien ce que ça veut dire : et vous voyez comme elle a de la peine et comme elle est transie devant vous.

Ma tante écoutait ; un regret cuisant s'emparait d'elle.

– Ah ! monsieur le curé ! Ce Gerbellière ! Quel malheur ! Comment réparer ? Que faut-il faire ? répétait-elle.

– L'approuvez-vous ?

— Mille fois non !

— Eh bien ! allez le lui dire.

— J'y vais, monsieur le curé.

— Mais non, pas tout de suite, dit l'abbé en haussant les épaules. Les femmes sont ainsi : elles font volontiers une sottise pour en réparer une autre. Vous voyez bien qu'il fauche ? Vous n'allez pas lui dire dans son champ : « Gerbellière, tu es un mécréant. » Patientez une demi-heure. Il rentre toujours un peu avant son monde. Vous le trouverez seul chez lui.

Ma tante Giron accompagna le curé jusqu'au bourg, prévint Rosalie de ne pas l'attendre le soir, et repartit dans la direction de la Cerisaie, où elle avait promis à Marthe de revenir passer la nuit.

En longeant la barrière du pré de la Gerbellière, elle jeta un coup d'œil sur le groupe des faucheurs qui atteignaient bientôt l'extrémité du champ. Le vieux chef n'était plus là.

— Bon ! pensa ma tante Giron, il est à la Gerbellière.

Chapitre XVIII

L'intervention du curé n'avait pas échappé à Annette. En voyant ma tante Giron revenir sur ses pas et se diriger vers la ferme, elle avait tout deviné. Une lutte allait s'engager, dont elle-même était l'enjeu. Quelle en serait l'issue ? Depuis plus de huit mois que son père se taisait, que pensait-il ? Toutes les hypothèses, toutes les réponses passèrent dans l'esprit de la jeune fille, rapides et nettes comme des éclairs. Puis un désir violent la prit : courir à la maison, écouter, savoir.

– Sœur Marie, dit-elle, si tu voulais, j'irais faire la soupe à ta place, ce soir, je suis si lasse !

– Rentre chez nous, et ne t'occupe de rien, répondit Marie, repose-toi seulement.

Annette profita d'un moment où les faneuses ne regardaient pas de son côté, passa rapidement la barrière, et se trouva dans le chemin. En se dissimulant derrière les haies, elle tourna la ferme, et entra dans le jardin à moitié inculte. Elle s'avança avec précaution parmi les orties et les épine-vinette qui poussaient là par centaines, jusqu'à une lucarne grillée, et se tint immobile, l'oreille appuyée au treillage, écoutant le dialogue engagé à l'autre extrémité de la salle, près de la cheminée. Son père et ma tante Giron parlaient à haute voix ; aucune parole n'échappait à Annette.

– Comme ça, Gerbellière, tu rentres une heure avant les autres ?

– Oui, madame Giron. Quand on se fait vieux, voyez-vous, c'est comme le soleil d'hiver, on se repose de bonne heure.

– Bah ! tu l'as bien gagné. D'ailleurs, la besogne s'abattra bien sans toi. J'ai vu tout à l'heure tes métiviers au travail. Tu as les deux premiers faucheurs de la paroisse, Gerbellière.

– C'est vrai, madame Giron, qu'ils ont du cœur à la fauche. Mais le meilleur Métivier ne vaut pas un fils.

– Ne dis pas ça. Il ne faut jamais regretter ce qu'on donne, surtout ce qu'on donne à Dieu.

Puis arrivant droit au fait, sans transition, elle ajouta :

– J'ai vu Annette dans ton pré, Gerbellière, elle a l'air triste.

Le métayer regarda ma tante Giron avec une expression soupçonneuse et dure.

– Est-ce qu'elle vous a parlé contre son père ? dit-il.

– Non, mais je sais tout à présent. Pourquoi la refuses-tu ?

– J'ai besoin d'un gendre, madame Giron, pour conduire ma ferme.

– Marie ta seconde fille.

– Elle est trop jeune.

– Attends un peu, alors.

– Je suis trop vieux.

– Comment, c'est toi, Gerbellière, un ancien chouan, qui refuses une vocation religieuse !

– Une dans ma famille, c'était assez. Deux, c'est trop. Pourquoi Dieu ne prend-il pas leurs enfants aux riches ?

– Voilà une mauvaise parole, Gerbellière, et qui n'est pas d'un chrétien. S'il a préféré ta maison à un château et ta fille à une princesse, tu devrais l'en remercier à genoux.

– Vous me disiez pourtant de la marier, madame Giron, et il n'y a pas longtemps.

– Je ne savais pas alors. Mais à présent que je connais tes affaires, je te le dis comme je le pense, Gerbellière, tu agis très mal.

À ce mot, la nature violente du fermier l'emporta. Blême, à moitié levé, il frappa un coup de poing sur la table, et, d'une voix tremblante de colère :

– Il est possible que j'aie tort, dit-il, mais j'ai toujours commandé ici, et je n'obéirai pas à mes enfants à partir d'aujourd'hui. Il faudra bien qu'elle cède. Je ne veux pas qu'elle m'abandonne comme son frère. D'ailleurs, le grand Luneau me convient, il m'a rendu service, et je lui ai promis qu'il l'épouserait à la Toussaint.

Un cri déchirant lui répondit du jardin. Ma tante Giron courut à la petite fenêtre grillée, regarda, et ne vit personne . Annette s'était enfuie. Mais elle avait reconnu la voix, et le père également.

– Gerbellière, dit ma tante d'une voix sévère, tu résistes à Dieu : il arrivera malheur à cette maison. Moi, je n'y resterai pas plus longtemps.

Elle sortit, sans autre adieu, traversa la cour, et prit le chemin. Et jusqu'au détour le métayer, ému à la fois de colère et d'une vague terreur, la regarda s'éloigner, en murmurant :

– Quelle marraine, cette dame Giron, quelle marraine !

Plus d'une heure encore il demeura à la même place, à côté de la marmite dont l'eau bouillante s'échappait, et tombait sur la cendre sans qu'il s'en aperçût.

Au bout de ce temps, un bruit de pas, de voix, de chariots chargés qui cahotent sur les pierres, de chiens jappant au devant des chevaux, annonça le retour des faneurs. Marie entra. Elle vit tout de suite qu'il s'était passé quelque chose de grave à la maison, et que le père était mécontent. L'absence de sa sœur la rassura un peu.

– Elle a dû dormir, pensa-t-elle, puisque rien n'est prêt pour le souper.

Elle mit le couvert, et trempa la soupe.

Les métiviers, les voisins, les voisines, essoufflés, affamés, arrivèrent bientôt. Ils s'assirent sur les bancs de cerisiers, des deux côtés de la table. Au bout, près du feu, le vieux métayer présidait, très sombre. Une place restait vide, celle d'Annette.

La jeune fille arriva dix minutes après tout le monde. Elle vint s'asseoir rapidement et sans bruit à l'extrémité d'un banc. Ses yeux étaient rouges et battus, son visage en feu. La pauvre fille commençait à trembler la fièvre. Elle eût voulu cacher son trouble et son chagrin, mais elle sentait tous les regards attachés sur elle. On chuchotait, on riait. Chacun de ces rires la blessait au cœur. Sa confusion enhardit les méchantes langues, et les quolibets se croisèrent en tous sens.

— Regardez-la donc, quelles couleurs elle a aujourd'hui, cette pâlotte !

— Ce n'est pourtant pas le soleil qui l'a mordue, elle a tout le temps travaillé à l'ombre.

— Elle aura pleuré. Lève donc les yeux, Annette, pour qu'on voie si tu as pleuré.

— Savez-vous ce qui est arrivé ? dit la fille d'un fermier voisin. C'est son amoureux qui l'a grondée.

— Qui ça ? Qui ça ?

— Le grand taupier, donc.

— Et pourquoi ?

— Pourquoi ? Je ne sais pas si je dois le dire. Parce qu'elle veut aller… Faut-il le dire, Annette ?

Annette leva des yeux suppliants vers celle qui parlait ainsi. Mais le mauvais rire des faneurs redoubla, et la voisine reprit :

— Je l'ai appris à Pouancé, ces jours, et on me l'a donné pour certain: Mademoiselle Annette veut entrer en religion.

— Taisez-vous tous ! s'écria le métayer, les yeux flamboyants. Ceux qui disent qu'elle ira au couvent sont des fous. Elle se mariera avec Sosthène Luneau, pas plus tard qu'à la Toussaint prochaine. Maintenant, plus un mot là-dessus. C'est assez parlé !

Il se fit un grand silence dans la salle, car Gerbellière exerçait une autorité absolue chez lui, et nul n'aurait osé le contre-tire. Les convives, étonnés de cette nouvelle si singulièrement annoncée, sur un ton de menace, se regardèrent avec des airs d'intelligence et des hochements de tête.

Annette fondit en larmes. Elle se leva, et s'en alla dans la chambre à côté, pour cacher sa honte.

Le souper ne dura guère. Les gens des métairies voisines sortirent les premiers, et se dispersèrent dans la campagne. Les métiviers se rendirent aux étables, et l'on entendit quelque temps, mêlé aux mugissements des bêtes, le bruit des fourches de fer chargées de fourrage heurtant les râteliers. Puis, par degrés, tout bruit cessa.

La nuit, extrêmement pure et douce, était pleine d'astres. Marie avait rejoint sa sœur Annette dans leur chambre commune, et cherchait vainement à la consoler.

Chapitre XIX

Annette s'était jetée tout habillée sur son lit. Elle cachait sa tête dans ses mains, et ne répondait que par des soupirs et des sanglots aux paroles de sa sœur assise à côté d'elle. Elle ne pleurait plus, ses yeux ayant donné toutes leurs larmes. Sa respiration, de plus en plus haletante, le gonflement des veines de ses tempes, attestaient que la fièvre montait encore. Marie la voyait malade, et ne savait comment la soigner. Le mal était dans l'âme. Que pouvaient ses douces paroles, contre les rudes propos qui avaient blessé sa sœur ? Elle lui avait dit tout ce qu'elle avait trouvé dans son bon cœur de mauvaises raisons et de paroles affectueuses. Annette avait tourné la tête, comme pour dire : « Tout est inutile. »

Quand elle n'entendit plus, dans la cuisine, le bruit de la servante qui rangeait les assiettes dans le vaisselier, Marie ouvrit la porte, et, au risque de se faire gronder par le père, qui dormait là, dans le lit aux rideaux de serge tirés, elle ralluma quelques tisons enterrés sous la cendre, et mit devant une cafetière. Dans sa naïveté paysanne, elle s'imaginait qu'un peu de tilleul ferait du bien à Annette. C'est un remède universel à la campagne. Elle n'avait que celui-là, d'ailleurs, à sa portée. Elle se hâtait, et soufflait le feu, pour que l'eau bouillît plus vite, la bonne Marie ! Elle apporta la tisane brûlante, chercha et finit par trouver, derrière les piles de linge de son armoire, quelques morceaux de sucre, en mit quatre dans la tasse, par gâterie.

– Tiens, dit-elle, Annette, je crois qu'il est bon. Cela va te guérir.

Annette regarda sa sœur, prit la tasse, but une gorgée de tilleul, et répondit :

— Il est très bon, Mariette, très bon ; mais va te reposer, pour te lever demain, pour la fête.

— Quelle fête ? C'est mercredi demain. Il n'y a pas de fête, au contraire... J'irai à l'enterrement de mademoiselle, tu sais bien ? qui est morte tantôt.

Un sourire léger passa sur les lèvres d'Annette, qui reprit :

— Oui, l'enterrement, mais je n'irai pas, moi, puisque ce sont les vœux, ma petite Mariette.

Elle avait je ne sais quoi d'égaré dans les yeux. Son expression, très douce, était celle d'une personne que le rêve domine. Sa sœur s'en aperçut. Elle crut qu'elle commençait à s'endormir, et que le sommeil l'emportait sur le chagrin. Elle dit tout bas :

— C'est bon, elle s'endort.

— Non, répondit Annette, je me sens la tête bien chaude. Va dormir, toi, en attendant que l'heure soit venue.

Il était très tard. Marie, fatiguée d'avoir fané tout le jour, se coucha en se promettant de se lever au moindre appel de sa sœur. Elle s'endormit bientôt d'un profond sommeil, si profond que les plaintes, les phrases incohérentes d'Annette ne la réveillèrent pas. Vers deux heures du matin, la malade se redressa. Un rayon pâle de lune, passant entre les volets, se reflétait sur le mur blanc, devant elle. Elle sourit avec le même air égaré que la veille au soir, et dit :

— Voici l'heure venue.

Elle se leva, mit ses sabots guillochés du dimanche, et quitta sa robe de travail en grosse laine brune. Ses cheveux dénoués se répandirent sur ses épaules. Puis, doucement et prêtant l'oreille pour écouter si Marie ne s'éveillait pas, elle ouvrit l'armoire, et atteignit sa robe blanche, qu'elle portait aux processions de la paroisse. Elle s'en revêtit en hâte, comme si quelqu'un l'attendait. Elle avait mis son chapelet autour de son cou. Ses yeux, agrandis par la fièvre, fixèrent un instant sa sœur, dans l'ombre, et une larme roula le long de ses joues. La porte qui faisait face à celle de la cuisine, et donnait accès dans une laiterie, était verrouillée. Elle enleva les verrous avec précaution, traversa la laiterie, ouvrit la porte du côté du jardin. La lumière de la lune l'enveloppa. Était-ce l'impression de froid de ces heures matinales ou de la lumière la saisissant tout à coup ? Elle s'arrêta sur le seuil, et sembla défaillir. Le long du mur de la ferme, à portée de sa main, grimpait un rosier blanc. Elle cueillit une rose, et la tint devant elle comme elle eût fait d'un cierge. Alors, se laissant glisser dans le jardin, elle s'avança d'un pas léger, les yeux levés, sans voir la route, dans l'herbe trempée de rosée.

Le jour approchait. Il s'annonçait à la pâleur des étoiles. Cependant c'était encore l'heure crépusculaire, terne, brumeuse et froide. Pas un murmure dans la campagne. Toutes les bêtes qui voyagent la nuit étaient rentrées. Celles du jour dormaient encore. Annette sortit du jardin, et entra dans le grand pré où elle fanait la veille. Ses petits sabots étaient pleins d'eau ; le bas de sa robe, tout mouillé, se collait sur ses jambes. Elle ne s'en apercevait pas, et continuait à marcher droit devant elle. Sa bouche s'ouvrait par intervalles, comme si elle eût voulut chanter, mais aucun son de voix n'en sortait.

Où allait-elle, la pauvre fille ? Ses yeux levés, le port gracieux de la rose qu'elle tenait toujours à la main, son pas mesuré, un peu traînant, le disait : elle se croyait à l'église, au milieu de la procession des religieuses qui chantaient des hymnes ; elle allait prononcer ses vœux ; l'herbe était le tapis ; sa fleur était son cierge ; les étoiles, les lumières resplendissantes du chœur ; le brouillard, de l'encens, les arbres sombres, la foule, et la rivière, là-bas, c'était la nappe argentée qui couvrait l'autel, et retombait de chaque côté. Sur ses cheveux, la brume du matin se condensait en gouttelettes, qui coulaient comme des larmes. Ô pauvre fille ! Et toute sa maison dormait, et dans sa chambre, où la première lueur du jour entrait maintenant, sa sœur Marie n'entendant rien, n'osait remuer, et pensait :

– Comme elle repose doucement, le tilleul l'a calmée !

Une seule personne la voyait. À pareille heure, il ne pouvait y avoir qu'un seul homme à courir les champs : c'était Sosthène Luneau. Il avait quitté Chanteloup à deux heures du matin, pour aller lever des pièges dans les prés hauts de la Gerbellière, de l'autre côté de la rivière, sur la colline. À genoux dans l'herbe, il creusait la terre à un endroit où il avait « tendu » la veille, et sifflait un air de chasse entre ses dents. En se redressant, il crut entendre l'appel d'un râle, du côté du ruisseau. Comme il était flâneur et braconnier par nature, il regarda dans cette direction, l'oreille au guet. La petite vallée était couverte de brouillard ; l'herbe humide avait encore cette teinte argentée qui est celle des nuits claires, mais on devinait déjà l'or du soleil dans les hauteurs du ciel. En ramenant ses regards vers les prés bas, il aperçut une « apparaissance » blanche qui passait lentement entre les arbres. Le grand Luneau connaissait toutes les formes que prend la brume chassée par le vent. Il crut d'abord à quelque demoiselle de l'eau qui rentrait au petit jour dans les roseaux ; mais la forme était trop nette, malgré l'éloignement ; elle suivait une ligne trop droite, sans s'élever au-dessus de la terre. Les demoiselles de l'eau se comportent différemment, le grand Luneau le savait bien.

— Allons, allons, dit-il, qu'est-ce que c'est donc ? S'il était deux heures après soleil levé, je dirais : c'est une laveuse qui va guéer son linge ; mais on ne lave pas la nuit, et puis ce n'est pas la saison. Tant que le foin est debout, le battoir ne bat pas. Qu'est-ce que c'est donc ?

Il regarda encore. La forme blanche se rapprochait lentement de la rivière.

— Bah ! dit-il, s'il y a une âme de chrétien là-dedans, je vais bien le voir. Si ça vole par dessus l'eau, je me sauve.

Il attendit un peu. Le cœur lui battait d'une indéfinissable émotion. Annette avançait, droite, la main tendue, sa robe blanche traînant sur l'herbe. Elle atteignit le bord. De grandes touffes de lis jaunes poussaient là, tout fleuris. Elle les écarta de la main gauche, sans baisser les yeux, fit encore un pas. Sosthène ne vit plus rien. Il entendit un cri perçant et le bruit de l'eau qui se refermait sur sa proie.

— C'est une femme qui se noie, cria-t-il, au secours, au secours !

Et le grand Luneau se mit à courir de toutes ses forces vers la rivière.

Au moment où ces deux cris funèbres, poussés presque en même temps, troublaient la petite vallée, un nuage, comme une pétale de rose rouge, parut à l'orient.

Chapitre XX

Ma tante Giron et Marthe avaient passé la nuit en prières auprès du corps de mademoiselle d'Houllins. Il commençait à faire un peu jour.

La jeune fille, à genoux près du lit, succombant à la fatigue, laissait involontairement pencher sa tête jusqu'à toucher le drap de la morte.

– Venez vous reposer, mon enfant, dit ma tante Giron. À votre âge, ces veilles-là sont trop longues, venez.

Elles se levèrent toutes deux, et, traversant le corridor, entrèrent dans la chambre de la jeune fille.

– Je ne pourrai pas dormir, madame Giron, je vous assure, dit Marthe. D'ailleurs, il va falloir préparer plusieurs choses. Vous savez, c'est à dix heures.

– Étendez-vous au moins sur le canapé. Vous êtes toute pâle, petite.

– Si vous vouliez, j'ouvrirai la fenêtre auparavant. J'ai besoin d'air.

Elles s'approchèrent de la fenêtre, l'ouvrirent, et s'accoudèrent sur la rampe de bois. La brise fraîche les enveloppa. Elles respiraient délicieusement cet air respiré du matin qui réjouit tout l'homme. Dans les prés, devant la Cerisaie, la brume, divisée par l'aube, s'élevait en petits flocons transparents. Quelques poules criaient en quittant le jonc. Çà et là des voix lointaines de métiviers attelant les bœufs. Un premier vol d'étourneaux, parti du toit de la maison, s'élança en bataillon serré, rasa l'herbe comme pour se baigner dans la rosée, se releva, et, sur la cime d'un frêne, s'éparpilla. La paix lumineuse répandue autour d'elles reposait les deux femmes, et pénétrait leurs âmes.

Tout à coup, ma tante Giron se recula, et, saisissant brusquement Marthe par le bras, l'écarta de la fenêtre.

– Qu'y a-t-il donc ? dit la jeune fille stupéfaite.

Ma tante ne répondit pas.

Haletante, elle s'était de nouveau penchée sur la rampe de la fenêtre. Au-dessous d'elle, deux hommes passaient, portant sur une civière une femme qui ne donnait plus signe de vie. Les vêtements de cette femme, tout blancs, ruisselaient d'eau. La tête, inclinée, était posée sur des branches vertes. Ses cheveux traînaient sur l'herbe. Elle avait un bras ramené le long du corps, l'autre pendait de la civière, et tenait une rose effeuillée. C'était la pauvre Annette. Dans les deux hommes qui la portaient, ma tante Giron reconnut le grand Luneau et Julien, le premier métivier de la Gerbellière.

– Qu'y a-t-il, madame ? répéta Marthe, que voyez-vous ?

Déjà le groupe avait dépassé le château, se dirigeant vers la ferme. Ma tante se retourna vivement du côté de Marthe. La jeune fille était surprise, inquiète, mais elle n'avait rien vu.

– On a besoin de moi en bas, répondit-elle, s'efforçant de dissimuler le tremblement qui l'agitait.

– On vous appelle ? Vous tremblez, madame Giron, vous me cachez quelque chose...

– Ce n'est rien, ma mignonne. Quelqu'un m'a fait signe de me rendre à la Gerbellière. J'ai été un peu surprise. Il faut que j'y aille. Je vous en prie, reposez-vous là. Quand vous serez étendue sur le canapé, j'irai.

Marthe obéit. Ma tante Giron sortit, et descendit rapidement l'escalier : elle savait que désormais la jeune fille ne pourrait plus apercevoir le cortège funèbre de la noyée.

Quand elle entendit la porte de la maison se refermer, mademoiselle de Seigny se redressa, se mit à genoux sur le canapé, et chercha, par la fenêtre ouverte, à découvrir la cause de cette subite émotion. Ses yeux errèrent quelque temps sur la campagne sans rien découvrir d'insolite. Les feuilles frissonnaient le long des branches immobiles. Les étourneaux, descendus de leur frêne, picoraient au pied des meules de foin. Tout était tranquille dans les grands prés verts.

Soudain, elle eut un mouvement de surprise, elle aussi. Ses yeux fixèrent avec une attention passionnée un point du pré de la Cerisaie. là-bas, près du gué. Un vague sourire d'abord, puis la stupeur, puis le désespoir, passèrent en quelques secondes sur son visage. Elle retomba sur le canapé, défaillante, et deux mots s'échappèrent de ses lèvres :

– Jacques, Jacques, vous m'abandonnez donc !

Chapitre XXI

Quand ma tante Giron entra dans la grande salle de la Gerbellière, la noyée venait d'être couchée sur le lit du père, dans la même attitude qu'elle avait sur la civière. Elle ne respirait plus ; ses mains étaient glacées, ses yeux fermés, ses lèvres couleur de mauve pâle.

Sa sœur Marie lui enlevait ses petits sabots guillochés. Le métayer, hagard, cherchait à allumer deux fagots d'épines jetés en travers sur la cendre encore chaude de la veille, et le grand Luneau, qui les avait apportés, debout sur le pas de la porte, regardait, épouvanté et stupide.

– Qu'est-ce que c'est ? s'écria ma tante Giron. Personne ne s'occupe de la ranimer ? Vous la laissez dans ses habits froids ? Va-t'en dehors, Sosthène, et toi, Marie, aide-moi, et promptement.

Elle s'approcha de la noyée, et, aidée par Marie, lui enleva sa robe mouillée, la couvrit de vêtements épais, et la roula dans une couverture. Elle la coucha ensuite sur le côté, les pieds appuyés sur des briques chaudes enlevées au foyer, lui frotta les tempes avec de l'eau-de-vie.

Plus d'un quart d'heure s'écoula dans ces premiers soins. Annette restait toujours sans mouvement. Ma tante Giron lui prit le pouls : il ne battait pas. Pendant ce temps, le métayer avait allumé les épines, et, devant la flambée qui s'élevait, claire et grésillante, s'était assis, la tête penchée vers le feu, n'osant se détourner de peur de voir son malheur eu face.

– Elle est morte ? n'est-ce pas, madame Giron, elle est morte ? s'écria Marie tout en larmes.

— Les enfants qu'on refuse à Dieu, Dieu les prend, répondit ma tante.

Le père Gerbellière poussa un soupir, comme un sanglot. Elle se repentit tout de suite de ce mot cruel, et ajouta :

— Qui sait, cependant ? Peut-être revivra-t-elle, si ceux qui ont causé le mal en demandent pardon. Pour nous, agissons, et frictionnons-la, une heure, deux heures, tant qu'il faudra. Le père Gerbellière s'était levé. Il traversa la salle, chancelant, comme ivre. En face de la cheminée il y avait, clouée au mur, une niche de bois enguirlandée de houx, et dans la niche une statuette de la Vierge, en porcelaine peinte. Accablé de douleur et de remords, le vieux métayer se laissa tomber à genoux devant l'image sainte, tira de sa poche un chapelet à gros grains, le même qu'il portait au cou trente-six ans plus tôt en marchant au feu, et se mit à le réciter lentement, tandis que Marie et ma tante Giron continuaient à soigner la noyée. Le murmure de sa grosse voix de basse montait et s'abaissait régulièrement. Après chaque dizaine il s'arrêtait un peu, sans se détourner, comme pour reprendre haleine : en réalité pour écouter si sa fille ne revenait pas à la vie. Hélas ! rien ne répondait à sa muette interrogation, et le bonhomme commençait une nouvelle dizaine.

Peu à peu les métiviers de la ferme, des femmes, des filles des closeries voisines, s'étaient approchés. Réunis dans la cour, ils causaient de l'accident et des remèdes à faire. De temps à autre une femme se détachait du groupe, regardait dans la salle par la fenêtre ouverte, et se retirait en hochant la tête. Alors le grand Luneau racontait, pour la dixième fois, comment il avait sauvé Annette, et tous l'écoutaient avec cette curiosité insatiable qui s'éveille autour d'un malheur récent.

— Ah ! mes pauvres gens, disait-il en terminant, quand Julien, qui avait ouï le cri comme moi, fut venu au bord de l'eau, nous l'avons aperçue au fond, dans sa robe de procession, et moi avec le manche de ma bêche, lui avec une perche qu'il y avait là, nous l'avons retirée, la tête d'abord : si vous l'aviez vue, toute droite et toute blanche comme une neige, elle ressemblait à une bonne Vierge, sauf qu'elle avait les yeux fermés.

Le temps s'écoulait. Annette restait glacée et sans mouvement. Le père Gerbellière terminait la dernière dizaine de son chapelet. Quand il eut fini, il se releva avec effort, jeta un regard sur le corps inanimé de sa fille, et, blême comme s'il avait reçu une balle dans la poitrine, s'appuyant à la muraille, il dit :

– Laissez-la, madame Giron, elle est en paradis !

Alors Marie poussa des cris de douleur, les voisins entrèrent l'un après l'autre avec des airs effarés, et la salle de la Gerbellière s'emplit de gémissements et de sanglots.

Chapitre XXII

À dix heures, ma tante Giron sortait de la chambre de mademoiselle de Seigny.

– Non, mon enfant, dit-elle en fermant la porte, vous ne pouvez pas venir. Toutes ces émotions vous ont brisée. Je suivrai le convoi à votre place, et je reviendrai aussitôt la messe terminée.

Elle descendit, et trouva, dans le corridor tendu de quelques draperies, le curé de Marans et une réunion assez nombreuse de paysans et de voisins rangés autour du cercueil de mademoiselle d'Houllins.

Après les premières prières liturgiques, huit métayers chargèrent la bière sur leurs épaules, et, traversant la cour du château, s'engagèrent dans le chemin étroit et tournant. Ma tante Giron marchait en tête des femmes.

Elle avait remarqué, au départ, d'un rapide coup d'œil, que Jacques de Lucé n'était pas dans le cortège. Arrivée à l'église, elle le chercha vainement. Une inquiétude nouvelle s'empara de son esprit.

– S'il n'est pas ici, pensa-t-elle, c'est qu'il est arrivé quelque chose. Au fait, hier, quand il est descendu de la chambre de la mourante, il avait l'air tout hors de lui… Cette idée l'obséda, quoi qu'elle fît, pendant l'office. Au retour du cimetière, tandis que les assistants, rendus à leur liberté et profitant des rencontres fortuites que ménagent les cérémonies de ce genre, se cherchaient, et se saluaient les uns les autres, elle avisa le notaire Taluet, et le cueillit au passage au moment où, sorti d'un groupe en s'inclinant, il allait s'incliner avant d'entrer dans un autre.

— Taluet ?

— Votre serviteur, madame Giron.

— Savez-vous pourquoi M. de Lucé n'est pas venu ?

Le notaire eut un geste de désespoir.

— Parti, hélas, parti !

— Pour quel endroit ?

— En Amérique.

— En Amérique, Taluet ?

— Comme j'ai l'honneur de vous le dire. J'ai reçu ce matin une lettre de M. le baron, qui m'avertit de sa résolution de passer au Canada, et m'ordonne de tenir des fonds à sa disposition. J'en ai bondi de surprise, madame Giron, et de chagrin. Un jeune homme comme celui-là, et à la veille de conclure un mariage... comme celui-là.

— Vous donne-t-il un motif de son départ ?

— Aucun.

Ma tante demeura un instant les yeux fixés à terre, cherchant à se remettre de ce nouveau coup. Puis elle entraîna le notaire à l'écart.

— Taluet, rendez-moi un service, dit-elle. Ce que vous m'annoncez là est très grave. J'ai besoin d'en savoir la cause. Elle est évidemment dans le testament de mademoiselle d'Houllins. Qu'est-ce qu'il y a dans ce testament?

— À tout autre qu'à vous je ne répondrais pas. Mais vous êtes l'amie de mademoiselle de Seigny, je vois que vous me demandez cela pour elle...

Il regarda à droite et à gauche, et ajouta en soufflant ces mots :

— Mademoiselle d'Houllins donne et lègue à sa nièce, en toute propriété, sa fortune tant mobilière qu'immobilière, ce qui représente, car M. Onésime, prédécédé, était fort riche, plus de soixante-dix mille livres de rentes.

— Sans condition ?

— Sans condition.

— Voilà qui est trop fort !

— N'est-ce pas, madame Giron ? Mais votre étonnement diminuera, quand je vous aurai appris que M. Onésime avait fait de grosses spéculations sur les grains d'approvisionnement pour l'armée...

— Ce n'est pas cela qui m'étonne, Taluet, c'est la fuite de M. de Lucé. Où est la raison, puisque le legs est sans condition ?

— Je l'ignore comme vous. Tout ce que je sais, c'est qu'hier, dans la chambre de la testatrice, quand il a entendu que toute la fortune était léguée à mademoiselle de Seigny, il a eu l'air d'en ressentir beaucoup de chagrin, et que, sitôt l'acte signé, il a pris la porte. Je ne l'ai plus revu.

— Où devez-vous lui envoyer de l'argent ?

— Au Havre, dans sept jours.

— Au revoir, Taluet, grand merci !

En quittant le notaire, ma tante Giron se mit à marcher rapidement pour éviter les quelques groupes encore arrêtés sur la route, et rentra droit chez elle.

Rosalie, qui n'avait pas vu sa maîtresse depuis vingt-quatre heures, était de fort mauvaise humeur.

— Madame Giron rentre peut-être pour déjeuner ? dit-elle.

— Non, Rosalie.

— C'est qu'il n'y a rien de prêt. Est-ce qu'on peut savoir quand madame rentrera, avec des vies pareilles ?

— Fais-moi le plaisir de te taire, répondit ma tante, et d'aller au plus vite me chercher la Rouge, dans mon pré.

— Je viens de l'y mettre.

— Eh ! ramène-la, il faut que je parte ! Rosalie leva les yeux au ciel d'un air navré, et descendit en maugréant le chemin des Portes.

Ma tante Giron s'était décidée à partir pour Angers. Elle supposait que Jacques traverserait cette ville, pour y prendre la diligence de Paris, et qu'il ne manquerait pas, ou d'aller voir mon grand-père, ou de lui écrire. De toute façon, elle espérait avoir des nouvelles du fugitif.

— Il est midi et demi, pensait-elle. Dans une demi-heure je serai à la Cerisaie. J'embrasse Marthe, je prends à Vern la route de la Pouëze ; à six heures, j'entre chez mon frère, et, vertubleu, avant la nuit nous aurons avisé tous deux aux moyens de prévenir cette équipée.

La Rouge fut ramenée du pré. Le jardinier de la cure, requis pour ce cas important, mit à la forte poulinière la bride à rosettes ponceau des grands jours, garnit la poche de la selle de quelques provisions, y glissa une paire de jolis pistolets, longs comme le doigt, dont ma tante eût certainement su faire usage à l'occasion, et attacha derrière une valise.

À une heure sonnante, ma tante Giron trottait sur le chemin de la Cerisaie. Elle était solide écuyère, et ne manquait pas d'une certaine grâce rustique dans sa longue robe de flanelle grise, avec sa cape noire rabattant en avant les tuyaux de sa coiffe, pour les maintenir contre le vent, et sa cravache de noisetier verni qui, pour le moindre faux pas, sifflait, et s'abattait sur les flancs de la Rouge.

L'arrivée à la Cerisaie l'inquiétait un peu.

— La pauvre fille a tant de chagrin déjà, se disait-elle, elle a reçu deux coups si rudes, comment va-t-elle recevoir celui-là ? Je ne puis pas, pourtant, la laisser seule sans la prévenir. Et puis, je lui ai promis que je reviendrais.

Avant d'entrer dans la cour du château, elle mit pied à terre, attacha la Rouge à un pied d'aubépin, le long de la haie, et, rejetant sur son bras la traîne de sa robe, s'avança vers la maison.

Marthe l'avait entendue venir. Elle était sur le seuil, abattue et fanée pour une heure, comme une rose coupée, qui peut revivre encore si l'eau lui vient à temps.

– Ma bonne dame Giron, dit-elle, vous êtes donc bien fatiguée que vous n'avez pu venir à pied ? Comme je vous remercie !

Quand ma tante Giron fut tout près de la jeune fille, elle lui prit les deux mains, et, la regardant au fond des yeux :

– Il vous faut du courage, ma pauvre enfant, dit-elle, je viens encore vous apprendre une fâcheuse nouvelle : il est parti…

Elle sentit un léger frémissement passer dans les mains de la jeune fille. Mais ce fut tout, et Marthe répondit :

– Je le savais.

– Qui vous l'a dit ?

– Je l'ai vu.

– Où ?

– Ce malin, au petit jour, comme vous veniez de quitter ma chambre, je l'ai aperçu, par la fenêtre, là-bas, près du gué.

– Quand je vous ai revue, vous ne m'en avez rien dit !

– Ce n'était guère le moment de m'occuper de moi-même, répondit Marthe, en regardant au loin le toit fumeux de la Gerbellière.

– Eh bien, que faisait-il, là-bas, près du gué ?

– Il avait mis un genou en terre. Il a regardé quelque temps de ce côté, puis il a fait un geste, comme pour dire adieu.

– Quel geste, mignonne ?

– Mon Dieu… il a posé ses doigts sur ses lèvres… il était en costume de voyage… dans le chemin… François tenait deux chevaux en bride.

– Quelle direction ont-ils prise ?

– Celle d'Angers… Ah ! je ne m'y suis pas trompée, ajouta-t-elle, sans pouvoir dominer son émotion, j'ai compris tout de suite : il m'abandonne lui aussi !

Elle dit cela avec une douleur si vraie, si poignante, que ma tante, en la serrant contre sa poitrine, se demanda de quels yeux avaient coulé les deux larmes qu'elle sentit tomber, brûlantes, sur ses mains.

— Allons, ne nous laissons pas abattre, repartit avec force ma tante Giron. Ce n'est peut-être qu'une courte épreuve. Si mon projet réussit, vous le reverrez. Savez-vous pourquoi il part ?

— J'ai cherché, sans trouver, répondit-elle.

— Je suis comme vous, Taluet aussi, que j'ai rencontré au bourg. Il m'a appris la nouvelle sans pouvoir l'expliquer. Les renseignements qu'il m'a fournis sur la fortune de votre tante, devenue la vôtre…

— Je vous en prie, ne causons pas de cela aujourd'hui, je n'en aurais pas le courage.

— Je voulais vous dire seulement que ces renseignements ne m'ont pas mise sur la voie. Mais dussé-je faire cinquante lieues à cheval, ma mignonne, je saurai la raison qui le fait partir.

— Où voulez-vous aller ?

— À Angers, puisqu'il s'y rend, et j'espère bien l'y rencontrer.

Une lueur d'espérance, et comme une rayée chaude après une averse, se peignit sur le visage de la jeune fille. Elle réfléchit un peu.

— Eh bien ! allez, dit-elle, puisque vous êtes si bonne que de m'aimer comme votre enfant !

Deux minutes après, ma tante Giron s'avançait sur la route d'Angers, au trot roulant de sa jument.

Chapitre XXIII

Mon grand-père était revenu du greffe à dix heures. Selon sa coutume, il avait déjeuné à dix heures et demie, et, suivant jusqu'au bout sa tradition quotidienne, était monté dans son cabinet pour y siester avant l'audience. Les greffiers qui n'usent pas de cette précaution, sont sujets à siester pendant.

Assis dans son fauteuil Louis XVI à trois pieds de biche, il songeait doucement, en regardant le portrait de « l'homme à la bulle de savon », de Ferdinand Boll, une des meilleures pièces de sa collection : car il avait la passion de la peinture autant que celle de la chasse, et peignait lui-même passablement. À force d'économie et de furetage chez les marchands de curiosités, alors moins visités qu'aujourd'hui, il avait réuni des toiles de toutes les écoles, qui tapissaient les murs de la plus grande salle de sa petite maison. C'était sa joie et sa gloire. Il songeait donc, les yeux mi-clos. D'en bas montait le bruit régulier d'un berceau qu'agitait ma grand'mère. Quelqu'un frappa à la porte.

— Entrez ! dit-il, vexé d'être troublé dans sa quiétude méditative.

Quand il aperçut le baron Jacques, sa bonne figure changea vite d'expression. Il courut à lui sur le seuil, l'embrassa, et, passant un bras sous l'épaule de son jeune ami, l'entraîna à petits pas vers la fenêtre, en disant :

— Ah ! mon bel amoureux, vous voilà ! Vous n'avez pu attendre ma réponse, et vous venez savoir si je consens à demander pour vous cette charmante mademoiselle Marthe, cette…

— Pardon, mon ami…

– Mais il n'y a pas d'excuses à faire. C'est tout simple, j'accepte de grand cœur, croyez bien, même, que je n'ai pas hésité un instant. J'avais arrêté que je partirais samedi soir. Puisque vous voilà, nous ferons route ensemble. Pendant le voyage, vous me munirez de toutes vos recommandations, et dimanche, entre la grand-messe et les vêpres, j'endosserai l'habit vert...

– Inutile, mon bon ami.

– Pourquoi ? Est-ce qu'elle est venue elle-même demander votre main ?

– Hélas ! vous êtes loin de la vérité. Je la quitte, et je vous quitte : je pars pour le Canada.

Mon grand-père, revenu près de la fenêtre, s'était rassis à sa place habituelle.

Aux derniers mots de Jacques, il se recula d'un pas, tandis que le jeune homme, debout à côté du guéridon qui les séparait, embarrassé, affectait de regarder dans la rue.

– Comment, vous aussi ! dit-il, mais c'est une folie contagieuse ! Qu'est-il arrivé ?

– Un malheur irréparable, un événement inattendu, qui met un obstacle invincible entre mademoiselle de Seigny et moi.

– Et lequel, mon Jacques ? dit mon grand-père en se rapprochant.

– Mademoiselle d'Houllins est morte.

– Ce n'est que cela ? Aurait-elle déshérité sa nièce ?

– Hélas ! non.

– Mais alors, si elle ne l'a pas déshéritée...

– Elle lui a tout légué ! fit Jacques en se retournant vers mon grand-père, toute sa fortune, soixante-dix mille livres de rentes, et voilà mademoiselle de Seigny devenue tout à coup la plus riche héritière du pays, voilà rompue cette proportion de fortune qui me permettait d'espérer, de demander sa main... Oh ! la liste des soupirants va être longue, bientôt ! vous verrez cela, vous, mais moi je ne veux pas le voir, et je m'en vais.

– Mais, c'est insensé, mon ami, c'est une résolution...

– Irrévocable, interrompit le jeune homme. Faites-moi l'amitié de ne pas insister. Tout ce que vous pourriez me dire serait inutile, et mieux vaut qu'il n'en soit plus question entre nous.

– Comme vous voudrez, répondit mon grand-père avec un soupir. Mais quelle nouvelle, grand Dieu, quelle nouvelle ! J'étais si joyeux de vous voir entrer : et c'est pour me dire adieu que vous venez !

– Oui.

– Un adieu qui sera long, peut-être ?

– Très long.

La pendule se mit à sonner : Dig, dig, dig, dig...

– Déjà midi ! s'écria mon grand-père en se levant précipitamment. Je suis en retard. L'audience va commencer. Et le président qui doit aller à la campagne ! Jacques, mon enfant, je ne puis vous quitter ainsi ! Il faut que je vous revoie. Venez dîner ce soir à cinq heures.

Et, jetant à son compagnon un regard désolé, il passa devant lui, descendit l'escalier quatre à quatre, et traversa la place du même pas dont il chassait les lièvres. Il arriva au tribunal essoufflé, le cœur gros de tristesse.

Oh ! cette audience, comme elle fut longue ! Le président, qui avait renoncé à aller à la campagne, s'intéressait à l'affaire, les témoins étaient nombreux, les deux avocats jeunes, le substitut zélé, et les deux assesseurs, qui eussent pu hâter les choses, disposés au recueillement par trente degrés de chaleur, laissaient faire, laissaient passer.

Chapitre XXIV

À cinq heures seulement, mon grand-père put rentrer chez lui.

En rentrant, il trouva le baron Jacques.

Le dîner était prêt. Les deux amis s'assirent tristes, à la table de famille. On essaya de causer, et, tout d'abord, pour obéir à leur convention, ils s'efforcèrent l'un et l'autre de ne parler ni de Marans, ni de mademoiselle de Seigny, ni de ce cher passé commun dont le souvenir pleurait en eux. Mais qui donc est toujours maître de sa pensée ? Ils se sentaient invinciblement emportés de ce côté, et la conversation avait des intermittences que chacun remplissait de ses rêves et de ses regrets. Rien n'y fit, rien ne put dissiper la mélancolie de ce repas d'adieu : ni l'accueil aimable de ma grand'mère, ni la paix souriante qui vivait en elle, et se reflétait sur son visage, ni l'effort persévérant qu'elle mit à rattraper et à renouer le fil de la causerie, sans cesse rompu. Insensiblement, la fatigue de cette lutte et cette loi qui, malgré nous, ramène dans nos paroles nos préoccupations, firent manquer les convives, et Jacques le premier, à l'engagement du matin. Il raconta la vie active, quelque peu aventureuse, des colons canadiens que, dans sa dernière lettre, le comte Jules lui avait décrite.

— Ce régime me conviendra fort bien, ajouta-t-il ; Jules m'initiera aux procédés de culture américains, aux éléments de la langue iroquoise et de la course en raquettes, car vous savez que le domaine de M. de Mortaing confine aux réserves des sauvages. Qui sait ? je m'habituerai peut-être trop bien au pays, et vous courez risque de me revoir un jour avec une plume d'aigle dans les cheveux et le tomahawk à la ceinture.

Il cherchait à dissimuler la tristesse qu'il avait au cœur, mais sa gaieté forcée ne déridait personne.

— Mon pauvre ami, répétait mon grand-père, nous étions si joyeux, ma femme et moi, jusqu'à ce matin ! Excusez-nous, si vous nous trouvez un peu maussades à cette heure. Nous ne pouvons nous faire à l'idée de vous perdre.

— Il faudra nous écrire, monsieur Jacques, disait ma grand'mère. Une lettre, cela console et celui qui l'écrit et celui qui la lit. Tenez, voilà un petit homme qui vous écrira sa première lettre, dès qu'il saura tenir une plume. N'est-ce pas, mon trésor ?

Et elle se penchait, à sa gauche, vers une petite tête blonde dont le menton dépassait à peine la nappe, et qui, depuis le commencement du dîner, contemplait de tous ses yeux bleus le voyageur partant pour l'Amérique.

La grosse Fanchette grommelait sourdement, en changeant les assiettes.

— Iroquois ! disait-elle, des gens qui ont des plumes dans les cheveux, des espèces de baladins naturels, quoi ! aller chez eux pour son plaisir ! N'aurait-il pas mieux fait de se marier avec « cette petite ange du bon Dieu » ?

Tout à coup, la sonnette s'agita violemment dans la cour.

Fanchette courut ouvrir. Elle recula de surprise devant les naseaux d'un cheval qui s'allongeaient vers elle. En même temps ma tante Giron sautait à terre, et lui jetait la bride sur les bras.

— Attends-moi là, dit-elle.

Dans la salle voisine, tout le monde l'avait reconnue à son ton de commandement. Les convives s'étaient levés. Le baron se détourna à demi, un peu pâle, du côté de la porte entr'ouverte.

Elle entra.

— Ma sœur !

— Madame Giron !

– Oui, c'est moi… Ah ! vous voilà ? s'écria-t-elle en apercevant Jacques. Encore heureux de n'avoir fait que huit lieues à cheval pour vous rattraper. J'en aurais fait deux cents, entendez-vous, pour empêcher votre équipée !

– Vous savez donc, ma sœur ? interrompit timidement mon grand-père.

– Si je sais ! ce n'est pas lui qui m'a rien appris, mais je sais tout : et le testament, et la lettre au notaire, et le pèlerinage à genoux dans l'herbe, au lever du soleil… Le baron passa du blanc au rouge.

– J'ai traversé Marans ce matin, madame Giron, et j'ai voulu entrer chez vous pour vous dire adieu. Vous étiez déjà sortie.

– J'étais à la Cerisaie, à veiller la tante, à soigner Annette, à consoler cette pauvre petite Marthe que je n'abandonne pas, moi, dans le malheur.

– Modérez-vous, ma sœur, hasarda mon grand-père : Jacques a des raisons qu'il vous expliquera.

– Vous allez peut-être le défendre, mon frère ! Croyez-vous que j'aie quitté Marans, et trotté pendant sept lieues sur huit, pour venir manger vos meringues et lui faire compliment de sa conduite ? Non, non, je suis venue lui dire, et je lui dirai qu'il agit contre le bon sens, contre l'amitié, contre tous ses devoirs ! En parlant ainsi, elle enlevait sa cape d'un geste brusque, la froissait dans ses mains, et la jetait sur une chaise, à cinq pas de là.

– Pardon, madame, dit vivement le jeune homme, c'est précisément le contraire, et en partant je remplis un devoir.

– Je serais curieuse de savoir lequel ?

– Je m'étais promis de ne plus revenir sur ce sujet, mais puisque vous voulez savoir la raison de ma conduite, la voici. Jusqu'à hier, je pouvais prétendre à la main de mademoiselle de Seigny. Nos fortunes étaient à peu près égales. Elle eût, en m'épousant, gardé dans le monde le même rang qu'elle y tenait déjà. Tout à coup, par ce fatal testament que vous connaissez, la voilà devenue millionnaire, la plus riche héritière du Craonais. Elle peut rêver tout ce qu'elle voudra. Les grands partis ne lui manqueront pas. Mais les autres feront bien de se retirer, pour ne pas s'exposer à un refus humiliant, presque forcé, et c'est ce que je fais. Je sais bien que vous allez m'objecter nos relations de famille, notre voisinage, nos souvenirs d'enfance, et, en effet, madame Giron, grâce à de pareils avantages, à la vie très retirée qu'elle a menée jusqu'à présent, et qui n'a pas permis qu'elle fût remarquée comme elle mérite de l'être, je pourrais sans doute être agréé par mademoiselle de Seigny. Mais croyez-vous que je veuille courir le danger de la voir un jour, connaissant mieux le monde, s'apercevoir qu'elle aurait pu y occuper une des premières places et regretter celle que je lui aurais donnée ? Non, non, l'honneur me commandait de partir. En agissant ainsi, je la laisse libre de choisir parmi les nombreux adorateurs que sa fortune et sa beauté réunies vont jeter à ses pieds. Je lui épargne même les scrupules que ma présence lui eût peut-être causés.

— Elle est héritière, c'est possible, mais vous l'aimiez avant qu'elle le fût, et, vertubleu, je ne vois pas ce qui vous empêche de continuer !

— Oui, si j'avais déclaré mes sentiments il y a six mois, deux mois, quinze jours seulement, je pourrais encore songer à elle. Mais je me suis tu pendant deux ans, elle ignore tout, et si je parlais aujourd'hui, après ce testament auquel j'ai assisté comme témoin, que ne dirait-on pas ? Elle-même que pense-rait-elle ?

— Elle ignore tout ? Vous croyez ? dit ma tante Giron en levant les épaules.

— Je ne lui ai jamais rien avoué, répondit Jacques, dans les yeux duquel une larme se mit à trembler.

— En vérité, vous êtes trop bêtes, vous autres hommes de ville ! s'écria ma tante en éclatant. Vous ne devinez rien, vous croyez qu'on ne s'aperçoit pas de vos manèges et de vos minauderies. Ah ! elle ignore tout ! ah ! vous ne lui avez rien avoué ! eh bien ! moi je vous dis, monsieur Jacques, que mademoiselle Marthe sait que vous l'aimez ?

— Madame !

— Et qu'elle vous aime !

– Vous vous moquez, madame, et c'est mal à vous ! répondit Jacques, très pâle.

– Vous en doutez ? Voulez-vous une preuve ? Je l'ai vue avant de partir. Elle a su que je venais ici, et pourquoi j'y venais, et elle ne m'a point retenue ; au contraire, elle m'a dit : « Allez » !

Jacques qui la regardait, anxieux, s'aperçut bien qu'elle ne se moquait pas. Il voulut parler. Sa gorge serrée par l'émotion s'y refusa. Sentant les larmes couler sur son visage, honteux qu'on le vît pleurer, il se laissa tomber sur la chaise, et cacha sa tête dans ses mains.

Mon grand-père, déjà rasséréné, se pencha vers lui, et, de sa bonne voix, voulant encourager son ami :

– Vous voyez bien, Jacques, elle a dit : « Allez » !

Pendant ce temps, ma grand'mère, émue et embarrassée, baissait les yeux, et caressait les joues roses de son fils.

Un sourire s'ébauchait au bas des pommettes rondes de ma tante Giron.

Soudain, la porte s'ouvrit avec fracas. Jacques se redressa, toutes les têtes se détournèrent.

– Pardon, la compagnie, dit Fanchette, voilà plus d'une demi-heure que je tiens la jument par la bride. J'en ai les bras coupés. Où faut-il la mener ?

– C'est à M. Jacques de décider, répondit ma tante Giron : s'il veut me promettre de m'accompagner demain matin à Marans, tu vas la conduire Aux Trois Marchands, pour qu'elle y passe la nuit, sinon, je repars de suite.

– Allez mettre la Rouge Aux Trois Marchands, Fanchette, dit le baron, et recommandez qu'on lui donne, à mon compte, autant d'avoine qu'elle en voudra. Je lui suis reconnaissant, à cette bête…

– C'est peut-être elle qui aura la plus grosse part, repartit ma tante. Elle n'est pourtant pas venue toute seule…

Jacques prit la main de l'excellente femme, et la serra dans les siennes :

– Je n'oublierai jamais ce que vous avez fait, madame Giron.

– Tant mieux. Mais c'est à Marthe surtout qu'il faut être reconnaissant. Je vous raconterai tout demain, sur la route. Pas ce soir, vous en feriez une maladie. Ah çà ! continua-t-elle, vous ne m'offrez rien, ma sœur ? Vous oubliez que j'arrive de route, et que j'ai bien gagné mon dîner.

Et pendant que ma grand'mère, confuse d'une distraction si facilement explicable, tirait une foule de bonnes choses d'une foule de petits coins, mon grand-père, dans l'excès de sa joie, et comme sortant d'un rêve, frappa sur l'épaule du baron.

– Mon cher Jacques, s'écria-t-il, nous chasserons encore ensemble !

Chapitre XXV

Le 1er septembre suivant, les deux cloches de Marans, pendues sous un hangar, à côté de l'église, sonnaient à toute volée. Les gamins du bourg, que le bruit charme, étaient accourus là, au plus près, et suivaient des yeux et de la tête les battants des cloches dans leur trajet régulier. Aux fenêtres des maisons, des bonnes gens se faisaient la barbe, en se mirant dans une vieille petite glace brisée dont il ne restait qu'un éclat, et par derrière, dans la demi-ombre des chambres, passait et repassait la silhouette de la ménagère affairée qui épinglait son châle de soie. La boutique du perruquier ne désemplissait pas. Près de la porte de la cure, une trentaine de pauvres, comptant au moins soixante béquilles, assis par groupes, attendaient la donnée de pain qui devait avoir lieu.

Par deux fois déjà le curé était sorti sur le seuil de la sacristie, et avait fait un signe interrogatif à sa domestique qui, par la plus haute lucarne du presbytère, inspectait la campagne. Deux fois elle avait répondu :

— Nenni, monsieur le curé.

Les métayers en vestes bleues, coiffés de leurs larges chapeaux de feutre, les métayères et leurs filles, avec leurs plus belles coiffes de dentelle et leurs robes à petits plis, arrivaient par familles, traînant les enfants, et entraient dans quelque maison amie, autour de la place. Bientôt toutes les maisons furent pleines, et le murmure d'une foule invisible se mêla aux volées des deux cloches, qui semblaient s'exciter l'une l'autre à bravement sonner la fête.

Tout à coup un gamin, posté en sentinelle à l'entrée du chemin de Vern, traversa la place en criant :

– Les voilà, les gars, les voilà !

Beaucoup de têtes parurent aux fenêtres. En une minute la ruche fut dehors. On entendait, en effet, un galop de chevaux, et des cris, et des coups de fusils qui se rapprochaient. L'attente fut courte. Un nuage de poussière s'éleva au tournant de la route, et trente fils de métayers débouchèrent en cavalcade, glorieux, bruyants, retenant avec peine leurs gros chevaux de ferme gorgés d'avoine et ornés de rosettes blanches. Plusieurs portaient des carabines, d'autres des pistolets d'arçons. Tous avaient un coup de cidre et de soleil sur la tête. Au commandement de l'un d'eux, ils se rangèrent sur deux lignes, formant la haie jusqu'à l'église.

La foule se massa, derrière, curieuse, penchée vers la route comme un champ de froment que le même souffle incline tout entier. Le cortège nuptial s'avançait. Marthe de Seigny ouvrait la marche, au bras de mon grand-père. Elle était exquise de grâce, dans sa robe de damas blanc, souriant avec je ne sais quelle gravité émue à cette population amie, qui se découvrait devant elle et se pressait pour la mieux voir. Derrière elle, le baron Jacques, triomphant, élégant comme un prince des contes de fées, donnait le bras à la mère du comte Jules. Puis venait, accompagnée du chevalier d'Usselette, qui s'était décidé à quitter Paris, une très ancienne douairière, coiffée en ruche d'abeilles, puis d'autres voisins, d'autres voisines, quelques jeunes gens, quelques jeunes filles, blondes, lestes et bavardes comme des alouettes, et enfin ma tante Giron, qui avait obstinément refusé de figurer dans les premiers rangs, et s'était placée au dernier avec le notaire Taluet.

Tandis que le cortège traversait la place de l'église, au milieu de la foule que le sentiment profond des convenances empêchait encore de manifester bruyamment sa joie, le notaire se pencha vers ma tante.

– Vous me voyez, dit-il, tout ému, madame Giron, d'avoir signé ce contrat de mariage. Avez-vous entendu comme mademoiselle de

Seigny, future épouse, m'a dit gentiment : « Monsieur Taluet, vous voudrez bien remettre cinquante mille francs à M. le curé de Segré, pour être distribués entre les pauvres du canton. » Elle est riche, certainement, cette jeune personne, mais je crois qu'elle saura l'être.

— Elle a le cœur bien fait, Taluet : c'est de race.

— Vous avez raison, madame Giron. Madame la baronne, sa mère, était peut-être un peu moins jolie, mais pour la bonté...

— Pauvre femme, dit ma tante avec un soupir, comme elle serait heureuse aujourd'hui !

Les invités entrèrent dans l'église. Toute la paroisse les y suivit. Métayers, closiers, valets de ferme, ouvriers, ils étaient tous venus, car c'était grande fête ce jour-là : pas un bœuf ne fut attelé, le marteau du forgeron s'arrêta, et la corde des puits resta sèche sur les treuils.

Quand les cloches eurent cessé de sonner, la porte de la sacristie s'ouvrit. Il en sortit six enfants de chœur comme à Pâques. Les fiancés contractèrent mariage devant l'abbé Courtois, et ce fut lui qui les bénit. Il avait bien préparé un petit discours, mais il comptait sans l'émotion. Quand il vit tant de monde et tant de beau monde ; quand il vit surtout, agenouillés devant l'autel, ces deux jeunes gens qu'il avait connus enfants, toujours aimés, toujours suivis du regard, dont l'union réalisait un de ses rêves les plus anciens, il sentit qu'il ne pourrait pas parler, et, s'approchant, leur dit :

— Mes enfants, je vais prier le bon Dieu pour vous, de tout mon cœur. Ça vaut mieux qu'un discours. D'ailleurs, vous n'y tenez peut-être pas, et moi, je ne suis pas bien d'aplomb pour prêcher.

La messe terminée, au milieu des acclamations et des feux de mousqueterie Jacques et Marthe de Lucé furent conduits en triomphe à la Basse-Rivière. La jeune femme n'avait pas voulu que la fête eût lieu à la Cerisaie, à côté de cette Gerbellière témoin d'un deuil encore récent, sous les yeux de ce vieillard que les éclats de la joie populaire seraient venus troubler dans la douleur dont il mourait.

Sur la prairie, près du château, deux tentes avaient été dressées : l'une très vaste, où tous les habitants du bourg et des fermes trouvèrent leur couvert mis ; l'autre, plus petite, décorée de feuillages et de fleurs.

À quelques pas de cette dernière, devant l'entrée, la Framboise, en livrée de piqueur, tenait par la bride une jolie jument grise à crinière blanche, toute harnachée de neuf, qui piétinait l'herbe du pré. Le mors et le filet d'acier fin, la têtière ornée de chaque côté d'un chiffre en argent bruni, les rênes de cuir léger et la selle de femme piquée d'arabesques de soie, sortaient de chez le premier sellier de Paris.

Les invités avaient sans doute reçu le mot, car ils s'arrêtèrent, firent cercle, et se retournèrent tous vers ma tante Giron qui arrivait la dernière du cortège, avec son fidèle Taluet, et ne se doutait de rien. Ils virent le baron Jacques quitter sa jeune femme, s'avancer vers ma tante et l'amener à son bras, stupéfaite, jusqu'auprès de la jument grise.

– Madame Giron, dit-il alors, je sais que la Rouge est bien malade du grand voyage qu'elle a fait, et qu'elle ne s'en relèvera sans doute pas. Nous avons pensé, ma femme et moi, que la Grise pourrait remplacer la Rouge. Acceptez-la, je vous en prie, en témoignage de la reconnaissance et de l'affection que nous avons pour vous.

Les hommes se découvrirent, les femmes s'inclinèrent, et tous ensemble, joyeux de la joyeuse confusion et de la surprise de ma tante Giron, crièrent :

– Vive madame Giron ! Vive madame Giron !

Pour elle, très émue et ne voulant pas laisser paraître cette émotion, elle se mit à tourner autour de la jument et à l'examiner d'un œil connaisseur.

– Fine tête, murmurait-elle, l'encolure courte, les reins solides... C'est une jolie bretonne cette bête-là !

Puis, revenant vers les deux jeunes époux, les mains tendues :

– C'est bien trop beau pour moi, dit-elle, merci quand même !

Ce ne fut pas tout. Jacques et Marthe exigèrent qu'elle prît à table la première place à côté d'eux, et quoi qu'elle fît pour s'en défendre, elle dut s'asseoir à droite du châtelain de la Basse-Rivière, à l'autre bout de la tente. Pendant le repas, elle ne mangea guère, absorbée qu'elle était par la contemplation de ces deux jeunes gens qu'elle aimait tendrement, et peut-être aussi par de lointains souvenirs maternels, qu'éveillait toujours en elle la présence de Marthe, et cette fois plus que d'ordinaire.

La journée était douce, le ciel d'un gris laiteux. Par les larges baies que formaient les portières d'étoffes relevées et drapées deux à deux, la vue s'étendait sur les pentes vertes du pré, sur la rivière bordée d'arbres, sur les champs de chaume et de millet qui montaient de l'autre côté du ruisseau. Rapidement la conversation s'anima. Une joie vraie vivait dans tous ces visages jeunes ou vieux qui entouraient la table.

Mon grand-père se trouvait placé vis-à-vis du chevalier d'Usselette. L'ancien page du roi racontait avec détails, la dernière réception chez madame de Rumford, une réception merveilleuse, où tout Paris avait applaudi la Malibran. Mon grand-père, distrait, ne marquait son attention que par d'insuffisantes exclamations. Il écoutait autre chose : un chant lointain, saccadé, que la brise apportait par-dessus la rivière.

Les nouveaux mariés s'étant levés, pour aller faire le tour de la tente voisine et souhaiter la bienvenue aux fermiers ; leur sortie fut suivie d'un silence. Les réunions humaines, comme le vent, ont de ces accalmies subites. Pendant ce court espace de temps, le chevalier s'était tu. Il perçut alors ce petit cri bien connu des chasseurs :

— Ket, ket, ket, ké det ! Ket, ket, ket, ké det !

Une compagnie de perdreaux rouges trottait, à n'en pas douter, au bord du champ de chaume, là-bas, près de la haie.

— Qu'est-ce que ces oiseaux ? dit M. d'Usselette.

— Des perdreaux, répondit mon grand-père. Il y a une demi-heure qu'ils rappellent dans ce coin de chaume. N'est-ce pas enrageant ?

— Pourquoi, monsieur, enrageant ?

— Songez que c'est aujourd'hui l'ouverture de la chasse ! Est-il possible, ajouta mon grand-père avec un soupir, de choisir pour son mariage, un jour pareil ?

— Comment, c'est l'ouverture ! Je m'empresse de vous dire, monsieur, que je n'ai jamais chassé, mais je ne comprends pas que mon neveu, qui est un damné chasseur, n'ait pas pris garde à cette date.

— Ket, ket, ket, ko det ! faisaient les perdreaux.

— C'est la jeune femme qui l'a fixée. Un caprice. Sa mère s'était mariée aussi le 1er septembre.

— Ket, ket, ket, ké dot ! Ket, ket, ket, ko det !

À ce moment, des acclamations s'élevèrent de la tente voisine :

— Vive monsieur Jacques ! Vive notre maîtresse !

Les convives prêtèrent l'oreille, ils entendirent le vague bourdonnement d'un discours débité aux jeunes châtelains par le métayer de la Basse-Rivière, et d'une réponse de Jacques, à la fin de laquelle les vivats et les cris redoublèrent.

Quand tout s'apaisa, très loin, très loin, sur le dos du coteau, les perdreaux rappelaient encore :

— Ket, ket, ket, ké det ! Ket... ket... ké det !

Mon grand-père n'y tenait plus. Il s'agitait sur sa chaise, regardait le champ de chaume, clignait l'œil gauche comme s'il allait tirer un coup de fusil. Il était en proie à une tentation formidable de s'esquiver et de courir chez « ma sœur Giron », pour se jeter dans les genêts.

Jacques et Marthe rentrèrent dans la salle, lui tout fier de l'ovation qu'elle avait partagée, elle toute rouge de plaisir. Avant de regagner leurs places, ils s'arrêtèrent près de chacun pour recueillir ou dire un mot aimable. En passant près de mon grand-père, Jacques, qui le connaissait bien, s'aperçut qu'il était soucieux. La jeune femme causait avec le chevalier d'Usselette.

– J'ai vécu à la cour, disait le vieux gentilhomme en s'inclinant, et, d'honneur, ma chère enfant, je n'ai rien vu de plus charmant que vous. Si j'avais quarante ans de moins, Jacques n'aurait pas triomphé si facilement.

Et le rire perlé de la jeune femme montait dans l'air.

Le baron s'était penché sur l'épaule de mon grand-père :

– Avez-vous entendu les perdreaux ? dit-il tout bas.

– Ah ! je crois bien, mon ami ! Ils sont là vingt peut-être.

– Pourquoi n'allez-vous pas les tirer ? Je vous assure que moi-même, si je pouvais !...

Mon grand-père fit un geste de désespoir, en montrant son habit de cérémonie.

– Bah ! reprit le baron, ce n'est pas une raison pour manquer l'ouverture. Nous allons tout à l'heure quitter la tente pour prendre le café dans le salon. Montez dans ma chambre, François vous donnera mes guêtres et mon fusil... Visez bien surtout !

La figure de mon grand-père s'épanouit.

– Je vais en tuer deux seulement, dit-il, pour le premier déjeuner de madame de Lucé à la Basse-Rivière.

Trois quarts d'heure plus tard, en effet, tandis que les invités finissaient de prendre le café, réunis par petits groupes dans le salon du château, mon grand-père y rentra furtivement. Il avait un accroc à son habit vert, mais son visage était radieux : il avait fait l'ouverture, il avait, à l'arrêt de son chien, vu le premier vol de perdreaux s'élever en chantant des chaumes.

À l'autre extrémité de l'appartement, près de la fenêtre ouverte sur la campagne, ma tante Giron l'attendait, en causant avec Jacques et Marthe.

– Mes amis, dit-elle, maintenant que vous voilà heureux, je n'ai plus rien à faire ici, et je m'en vais.

Les deux jeunes gens protestèrent, voulurent la retenir. Toutes les instances furent inutiles.

— Non, répétait-elle, laissez-moi aller. Les longues fêtes ne sont pas pour les vieux comme moi.

Ne pouvant la garder, ils voulurent l'accompagner jusqu'au seuil, et, quand elle les eut embrassés, tout attendrie, la regardèrent s'éloigner dans l'avenue au bras de mon grand-père. Bientôt, comme elle marchait d'un pas rapide, les bouquets d'aulnes de la rivière et les premières haies des champs la cachèrent à leurs yeux. S'ils avaient pu la suivre plus longtemps, ils l'auraient vue, un peu avant d'arriver à Marans, s'arrêter sur la route et, par-dessus les murs d'un champ où, parmi les ifs, des croix de bois s'élevaient, contempler tristement une tombe entourée d'une couronne de violettes de toute saison près de laquelle l'herbe était plus foulée qu'ailleurs. Elle resta ainsi un peu de temps : l'ancienne douleur la ressaisit.

— Ah ! dit-elle, ma pauvre enfant ! Je n'ai fait que penser à elle. Savez-vous, mon frère, qu'elle aurait vingt ans depuis ce matin !

Deux grosses larmes coulèrent sur ses joues.

Mais ce moment de faiblesse passa vite. Mon grand-père l'entraîna. Ils gravirent la petite côte du bourg, et, tout au haut, avant d'entrer chez elle, se détournant du côté de la Basse-Rivière, d'où montait par instant le bruit de la fête, elle ajouta, avec le bon air calme qu'elle avait d'habitude :

— La joie des autres, comme cela fait du bien !

FIN

Table des matières

MA TANTE GIRON

Chapitre I 3
Chapitre II 11
Chapitre III 25
Chapitre IV 35
Chapitre V 47
Chapitre VI 51
Chapitre VII 61
Chapitre VIII 67
Chapitre IX 73
Chapitre X 79
Chapitre XI 87
Chapitre XII 95
Chapitre XIII 103
Chapitre XIV 109
Chapitre XV 119
Chapitre XVI 123
Chapitre XVII 129
Chapitre XVIII 133
Chapitre XIX 139
Chapitre XX 143
Chapitre XXI 147
Chapitre XXII 151
Chapitre XXIII 157
Chapitre XXIV 161
Chapitre XXV 167

ebouquin